GOBOOKS & SITAK GROUP©

GOBOOKS
& SITAK
GROUP©

三日月書版

三日月書版

輕世代
FW261
三日月書版
今宵異譚
卷二
魁魃之夜
四隻腳
zabu

目錄 ディレクトリ

沈默
待業中。人類。

尉遲九夜

職業不明。身分不明。

第一章 菌人・上

深夜，暴雨侵襲。

目光所及之處，兩邊是荒無人煙的山林，眼前有一條千迴百轉的崎嶇彎道。

忽然，自遙遠的前方亮起一片閃耀的燈光，如同刺破黑夜的黎明曙光，伴隨著一陣陣震耳欲聾的引擎轟鳴，只看到一輛流線型跑車衝破狂風驟雨，疾馳而來。

僅僅一瞬間，甩尾過彎，濺起一串水花，便消失在了視線盡頭。

整個螢幕暗了下去，變得漆黑一片。

又從漆黑一片之中漸漸亮起一排金色英文字母——

Automobili Lamborghini。

啊，原來是藍寶堅尼最新款跑車的廣告啊。

嘖嘖，到底是頂級品牌，這畫面效果，震撼得簡直堪比電影大片。

週末午後，偷得浮生半日閒，我懶懶地窩在柔軟的沙發裡，光著腳盤著腿，一邊喝柳丁汽水，一邊看著電視。

螢幕再次暗下，隨後露出一抹淡淡的微光。

微光裡，那輛破風疾馳的跑車穩穩地停在山道邊，造型前衛的菱形車門如同羽翼一般往斜上方開啟，駕駛座裡下來一個人。

年輕男人穿著一身黑色皮衣皮褲，背對鏡頭，顯示出了高䠷結實而又完美的身材。他在茫茫夜色中酷酷地往前走了兩步，又酷酷地回眸，碎亂的黑髮下露出一張非常漂亮的臉蛋，可是對著鏡頭的眼神，卻冷如刀鋒，彷彿傲視蒼生一般，薄薄的唇角輕輕一挑，劃過一道似笑非笑的弧度。

噗！

就在看到這張臉的瞬間，我一口汽水噴了出來，一下子從沙發裡跳了起來，吃驚地瞪著電視螢幕上的男人。

「啊！竟然是他？阿夜！你快看！快看！」

可九夜只是微微一笑，好像什麼都知道似地坐在那裡，平靜地喝了一口茶，淡淡說了句：「沒錯，是他。」

「就是、就是元宵燈會那天，在鬼市看到的那個、那個……」

「獵妖師協會。」

「對對對！」我連連點頭，激動地說道，「廣告裡的這個男人，就是那天晚上，獵妖師協會為首的年輕人！難怪當時我覺得眼熟，好像在哪裡見過！原來、原來他是顧昔辰啊！」

顧昔辰，就是現在紅透半邊天、最受少女喜愛的一線男明星，就連我這個從來不追星不追劇、對演藝圈完全不瞭解的路人，都聽過這個如雷貫耳的名字！而走在街上，更是經常能看見商場大樓掛著顧昔辰代言的某個品牌的巨幅廣告，難怪那麼眼熟……

我目瞪口呆地看著九夜，有點無法反應過來，愣愣地問：「這個顧昔辰，明星當得好好的，為什麼會跑去做獵妖師？」

九夜被我逗笑了，說：「不是他跑去做獵妖師，而是他的職業恰好是個演員。」

「哈？什麼意思？」我仍舊不明白。

九夜笑了笑，說：「到目前為止，絕大部分人類並不知道自己所處的這個世界，是與妖共存的世界。如果大家都知道身邊有妖怪，會造成社會混亂、人心恐慌，所以，獵妖師協會是個不能公開的隱祕組織。為了掩飾身分，每個獵妖師都有自己的正常職業，例如有些人是職場白領，有些人是公務員，有些人是藝術家，而這個顧昔辰，恰好是個演員罷了。」

「唔，原來是這樣……」

我點了點頭，又感慨了一句：「不過，他長得這麼好看，還是當明星比較適合。」

九夜看看我，笑道：「等你見識過他的實力，就不會這麼說了。」

「哦？他很厲害？」

我有點難以想像，因為元宵燈會那天晚上，獵妖師協會的那幾個人，只是擺著架子威風凜凜地在鬼市走了一圈而已，並沒有動真格地做過什麼。

用九夜的話來說，那是例行性的巡邏。

每年的第一個月圓之夜，是所有妖魔鬼怪力量復甦的時刻，所以每年的元宵節，獵妖師協會的人都格外謹慎，蛇龍混雜的鬼市更是他們重點監視的地方。

我記得當時，那個為首的年輕人，也就是顧昔辰，好像有多看過我幾眼，似乎在懷疑什麼。他的眼神太過鋒利，看得我心底裡一陣陣發寒，好在有狐狸面具擋住，也不知道他有沒有發現我是個人類。

不過，有可能是忌憚九夜，顧昔辰最後什麼話都沒說，只是看了看九夜，又看了看我，便一言不發地帶著獵妖師協會的人與我們擦肩而過。

雖然不知道他的實力如何，但是那強大的氣場，已經十分具震撼效果了，回想起當時的情景，我仍然感覺背後冒冷汗。

九夜微笑著擺弄一套賞心悅目的青瓷茶具，淡淡道：「顧昔辰，其實是個藝名，而他的真實身分，是宇文家第三十七代掌門人。」

「宇文家族？就是那個曾經……曾經……」

我沒有說下去，轉頭看了看白澤。

白澤正趴在壁爐邊的狗窩裡睡覺，但只是假寐而已，並沒有睡著，因為我看到他那雙毛茸茸的耳朵動了動。

九夜瞥了他一眼，幽幽道：「你應該知道吧？顧昔辰，是宇文修的轉世。」

「什麼！宇文修的轉世！」

我不禁又是一驚。

白澤懶洋洋地睜開一隻眼睛，不屑地哼笑了一聲，說：「那小子，遲早有一天我會親手宰了他。」

說完，便轉過頭，趴在那裡不吭聲了。

他們兩個一個比一個淡然，只有我，好像傻瓜一樣瞠目結舌地張著嘴巴，不知道該說什麼好。

這時，電視開始播放《今日新聞》。

「接下來，讓我們關注已經持續多日的飛絮事件。大約從一個多星期以前開始，本市上空陸續出現奇怪的白色絨毛，狀如飛絮，隨風飄散，籠罩了大半個城市。而到目前為止，政府單位仍未調查出絨毛的來源，更有生物學家指出，這種來源不明的白色絮狀物質，很有可能是一種尚未發現的新品種落葉類喬木所產生出來的種子。經過檢驗證實，這些絨毛對人體沒有特殊危害，請大家不必過於驚慌，但是出門請記得戴口罩，以免將絨毛吸入體內……」

隨著男中音口齒清晰的表述，電視螢幕上跳出一幅幅畫面。

一團團棉花一樣的飛絮漫天飛舞，一眼望去白茫茫一片，幾乎覆蓋了整個視野，不僅妨礙行人走路，也造成這座城市大部分路面交通癱瘓，還出了好幾起嚴重的車輛追尾事故。

「真是奇怪，這些絨毛到底是從哪裡來的？」

正疑惑間，玄關響起了敲門聲。

砰砰砰！砰砰砰！

動靜很大，很粗暴，準確來說，這應該是砸門的聲音了。

門外的人好像很急，一邊砸，一邊大喊：「有人在嗎？屋子裡有人嗎？尉遲九夜是不是住在這裡？」

這個聲音有點耳熟，但是一時間想不起來。

我回頭看向九夜，可是他仍舊坐在那裡不為所動，好像什麼都沒聽到似的。

無奈之下，我走過去開了門，孰料門一開，還沒來得及等我看清楚，一個身形高大的男人立刻毫不客氣地踏進了屋內。

「呃，請問你是……」

我好奇地看著這個非常眼熟的背影。

來者穿著一身長風衣，戴著口罩，聽到詢問便回過頭來看我，似乎是愣了一下。

「沈默？你怎麼也在這裡？」

我不禁跟著一愣。

咦，這個人居然還認識我？

只見他摘下口罩，露出了一張熟悉的臉孔。

我吃了一驚，愕然道：「林警官？」

是的，沒錯，眼前這個突然登門造訪的男人，是林崎。就是那個脾氣暴躁的刑警大叔，之前有打過幾次交道。

不過算算日子，我和九夜已經很久沒有被「請」去警局喝茶了，沒想到刑警大隊的隊長居然親自找上門？我茫然不解地看著他。

然而此時此刻，林崎臉上的表情比我更加疑惑。

他一聲不響地找個位置坐了下來，眼神犀利地看著九夜，九夜卻從頭到尾沒有看過他一眼，一直在研究手裡的青瓷茶具；於是林崎轉眸看我，我撓撓頭，咧嘴笑了笑；他皺了皺眉，又轉過頭看了看趴在壁爐邊睡覺的白澤，而白澤連頭都沒有抬；最後林崎又看向了阿寶，阿寶正在和影妖玩捉迷藏。

當然，林崎看不到影妖，只能看見有個小孩子在那裡玩得不亦樂乎。

「蜀黍，請你吃糖。」

阿寶興沖沖地跑過來，從口袋裡摸出一粒草莓軟糖。

「呃，哦、哦……謝、謝謝……」

林崎抽著嘴角接過軟糖，終於，忍不住將心中的疑惑一古腦兒地說了出來。

「一幢沒有門牌號碼的房子，兩個可疑的男人，一個來歷不明的小孩，一隻體型巨大到不正常的白狗，你們這是什麼奇怪的組合？」

顯然，這句話是在問我。

我尷尬地笑了笑，說：「哦，我、我只是在九夜這裡暫時借住一段時間，阿寶是九夜一個遠房親戚的孩子，那隻白狗……是、是路邊撿來的！」

一邊說著，我一邊忍不住在心裡感慨：大概是跟著九夜「學壞」了，我居然也可以做到面不改色地對警察撒謊……

林崎又問：「為什麼這棟房子沒有門牌號碼？難道是違章建築？」

「呃，這、這個……」

我抓著後腦勺，正在千方百計地想理由時，只聽到九夜悠悠說了句：「林警官，你今天來，就是特意來興師問罪的嗎？」

林崎一愣，道：「當然不是。」

九夜溫和地笑了笑，說：「用一句話說清楚你的來意，否則，別怪我下逐客令了。」

「你……」

「就算是警察，沒有搜查令，也不能擅闖民宅，不是嗎？」

「尉遲九夜，你！」

恐怕還從來沒有人敢對刑警大隊的隊長這麼說話，林崎被氣得一下子從沙發裡站了起來，可是看到九夜笑得一臉「善良市民」的無辜模樣，又沒有辦法將心裡的怒火發作出來，只能乾瞪著眼睛，沉默了好幾秒鐘之後，忍氣吞聲地說了一句：「今天，我是來請你幫忙的。」

九夜只是微笑，沒說話。

我趕緊打圓場，道：「林警官太客氣了，有什麼事情不妨說出來聽聽。」

林崎仍然沒有坐下，站著猶豫了一會，說：「其實，我也不知道來找你們是不是正確的選擇，可是現在已經沒有其他辦法了。你們之前曾經幫忙解決一些奇怪的事情，所以……所以我只能抱著僅有的一線希望找到這裡來，想請你們……救救我的部下。」

「你的部下？」

我這才發現，原本一直跟在林崎身邊的那個年輕小警察，今天居然沒有一起來，於是便問：「是麻警官嗎？」

林崎點點頭，道：「對，是麻小凡。他在醫院裡。」

「麻警官怎麼了？」

「要是能知道怎麼了就好了。」

林崎苦笑，神情透露出鮮有的焦慮。

我請他坐下來，遞了一杯茶過去。

林崎一口氣喝光茶水，很快就冷靜下來，整理思路，條理清晰地敘述道：「儘管目前沒有確切的證據，但是我覺得這件事，應該要從一個案子說起。一個禮拜前，我們接到西郊海洋水族館的報案，說是館裡有一條成年雄性虎鯨離奇死亡。一般情況下，如果不是人為造成的動物傷亡事件，警方不會參與調查，可是當我們達到現場之後，完全被現場的狀況驚呆了，也根本無從判斷，這究竟是一起什麼性質的案件。」

我忍不住追問：「現場是什麼樣的？」

林崎道：「是一具完整的骨架。」

「骨架？」我不解地皺眉。

林崎點點頭，說：「飼養那條虎鯨的水箱被染成了一片血紅，從海水裡打撈出來的，是一具被啃光了血肉的虎鯨骨架。」

「怎麼會這樣？」我吃了一驚，想了想，問，「有沒有可能，是被其他鯊魚之類比較凶猛的海洋生物吃掉的？」

「這個想法我有提出過，但是水族館的工作人員說，這個可能性幾乎為零。」

林崎搖了搖頭，解釋道：「虎鯨本身就是非常凶猛的肉食性海洋生物，而死亡的雄性虎鯨已經成年，性情暴躁，領地意識強烈。為了防止廝殺，水族館特意將牠分隔開來飼養，在牠生活的那片水域裡，牠處於食物鏈頂端，也就是說，沒有其他生物可以吃掉牠，並且還吃得只剩下一具空骨架。」

「呃，這就奇怪了，難道是人為的？」我問。

「這更加沒有可能了。」林崎仍然搖頭，道，「根據飼養員的說法，前一晚他離開的時候一切都還好好的，可是第二天早上，虎鯨就已經變成一具骨架了。僅僅一晚的時間，如果沒有上百個人同時作業，不可能將一條體長十米、重達九噸的成年虎鯨弄成這個樣子，並且還是在水下。」

我想來想去找不到任何合理的解釋，於是便問：「那這條虎鯨的死亡，和麻警官有什麼關係？」

林崎揉了揉太陽穴，又喝光了一杯茶，繼續道：「那天在現場，當時我正在給水族館的工作人員錄口供，麻小凡便在虎鯨骨架的四周圍走來走去查看。過了一會兒，他自言自語地說了句，『咦，怎麼白毛都飛到這裡來了？』等我回過頭，就聽到他『啊』地叫了一聲，好像是被尖銳的東西刺到了，儘管戴著手套，拇指還是滲出了血跡。

「我看到他手裡拿著一團白毛，白毛飄落在地上。當時誰都沒有在意這件事，因為這些天到處都飄散著這種白色絨毛，還以為是從館外飛進來的。可是過了沒多久，麻小凡就開始說身上很癢，一直不停地抓，抓到後來皮膚都破了。

「我叫他去醫院檢查是不是過敏，他不肯，結果第二天沒來上班，打電話也沒人接。我感覺到事情有點不對勁，跑到他家裡一看，發現他倒在地上，渾身長滿了白毛，整個人陷入了昏迷狀態……」

「渾身長滿白毛？」

聽到這裡，我忽然忍不住打斷他的話。

林崎看著我，說：「對，沒錯，就是現在外面漫天飛舞的那種白色絨毛。我打了急救電話，麻小凡被送去了醫院，可是檢查半天也查不出個所以然來。醫生說，他不僅僅是體表長了白毛，就連體內也有，五臟六腑被厚厚的絨毛包圍，氣管也幾乎被堵住，生命岌岌可危……」

林崎的語調慢慢低沉了下去，嘆了口氣，道：「麻小凡那孩子，雖然不聰明，但是做事很認真。他從警校畢業開始就跟著我了，這兩年來我一直帶著他東奔西跑地辦案子，有時候通宵達旦，幾天幾夜不眠不休，他也從來不叫苦不叫累，一直勤勤懇懇，是個非常優秀的警員……我實在……實在不想看到他出事……所以，如果有辦法，我希望你們可以救救他……」

語畢，他滿含期待地望向九夜。

九夜仍舊不為所動，只是微微一笑，反問：「我有什麼義務要幫你？」

林崎看著他，咬了咬牙，站起來向九夜深深鞠了一躬。

「尉遲九夜，如果有辦法，懇請你救救麻小凡，我在這裡代他謝謝你。」

我不禁有點動容。

為了拯救部下的性命，林崎居然願意放下身為刑警大隊長的尊嚴，向人鞠躬懇求，這恐怕，不是每一個人都能做到的吧。

「阿夜，如果你有辦法就幫幫他吧，好不好？」

我也忍不住替他求情，用可憐兮兮的目光看向九夜。

九夜看著我，似是有點無奈地嘆了口氣：「兩盒七星坊新出的紅豆蜜桃口味水晶羊羹。」

「嗯？什麼？」林崎愣了一下。

「我沒有義務幫你，這是報酬。」

淡淡地說完，九夜回過頭，繼續研究手裡的青瓷壺。

我也愣了一下，繼而又忍俊不禁地笑了出來。

這傢伙啊，還真是不知道該說他什麼好。

七星坊新出的水晶羊羹需要排隊五、六個小時才能買到，之前我有說過好想吃。

第二天一早，我還穿著睡衣打著哈欠，就看到一輛警車停在了大門口。

林崎急急忙忙地衝進來，說麻小凡的情況越來越嚴重，已經進了加護病房，想請九夜先去醫院看看，可是九夜說不用。

林崎拿他沒辦法，只能開車帶著我們去了西郊海洋水族館。

這是我第一次坐警車，感覺有點怪怪的，再加上林崎為了趕時間，還特意在車頂放了紅燈，一路上警笛長鳴，搞得有不少人好奇地往車裡張望。

而我尷尬到不敢抬頭，生怕被熟人看見，以為我犯了什麼罪。

西郊海洋水族館的位置很偏僻，當我們終於驅車抵達，已經快中午了。

由於虎鯨離奇死亡，這幾天水族館暫停營業，偌大的場館裡空空蕩蕩，昏暗的光線之中，只剩下那些奇形怪狀的海洋生物在安靜地游來游去。

在館長的帶領下，我看到了那具虎鯨骨架。之前只是聽林崎的描述，並沒有太大感覺，可是現在親眼見到，真的是非常震撼。

足足十米長的龐大骨架幾乎占據了整個空間，每一根骨頭都有我的手臂那麼粗，而骨頭上還黏著沒有被「吃」乾淨的皮肉，散發出來一陣陣刺鼻的腥臭。

館長和林崎都用手帕捂住了鼻子。

我也有點反胃，暈眩得想吐，只有九夜一個人若無其事，居然還走進了虎鯨骨架裡面查看，隨後回頭看看我，說：「小默，你去外面等我吧。」

這氣味實在讓我無法堅持，只能退了出去。

十幾分鐘後，大家陸續出來了。林崎和館長正情緒激動地討論著，而九夜一邊若有所思地低著頭，一邊慢慢走過來。

我有點擔心那個小警察，忍不住問：「阿夜，你真的不去醫院看看麻警官嗎？」

「沒有必要。」九夜搖搖頭，說，「令那個小員警渾身長白毛的罪魁禍首，和殺死這頭虎鯨的元凶，是同一個。」

「哦？是誰？」我立刻追問。

九夜只是微微一笑，說：「你跟我來。」

他大步向前，我趕緊跟了上去。

在這間水族館附近，有一大片廣袤的白樺林，時值初春，白樺樹的嫩葉悄悄萌芽，綠油油的一片，充滿了蓬勃的生命力。

我們走進白樺林，九夜一邊走，一邊不時地蹲下來查看地上的土壤。我不知道他到底在研究什麼，腳下的泥土看起來和普通的土壤並無差別。

不知不覺中，我們走到了白樺林深處，這片茂密的林子沒什麼人跡，生態環境仍舊保存得相當原始。

走著走著，九夜忽然停下腳步，看了看四周。

我一下子毛骨悚然了起來，因為周圍根本什麼都沒有，整座樹林寂靜得鴉雀無聲，只剩下半空裡漫天飄舞的白色飛絮，如同鵝毛大雪一般紛紛揚揚。

「阿、阿夜，你在看什麼？」

我不安地靠往九夜身邊。

九夜微笑著，豎起食指「噓」了一聲，又指了指地上，輕聲道：「你看。」

我疑惑地低下頭。

看？看、看什麼？地上根本什麼都沒有啊，只有滿地落葉……

等等！落葉？為什麼會有落葉？

據我所知，白樺樹是落葉類喬木沒錯，可現在不是秋天，而是萬物萌發的初春，根本不應該有落葉啊！

我愕然抬起頭，茫然不解地看著九夜。

九夜笑了笑，示意我不要出聲，隨後拉著我慢慢蹲下。

地上有一片新鮮嫩綠的樹葉，九夜伸手輕輕捏住葉柄，隨後掀了起來，底下居然露出一個白色小毛團，比乒乓球略小，毛茸茸的一團。

我好奇地盯著圓滾滾的小毛團，湊近看了看，卻看到這個毛團在輕輕吹拂的初春暖風裡，竟然神奇地舒展開來，露出一個小小的……腦袋，還有一雙小手小腳？

以及一球短短的、兔子似的圓尾巴……

整個模樣看起來，就像是一個超級迷你的小毛人。

而這個小毛人，正蓋著一片樹葉，蜷縮在土壤裡睡覺！

「天啊！」我忍不住驚嘆了一聲。

小毛人被我驚醒，睜開一雙赤豆般的小眼睛，看到我和九夜，嚇得豁然從地上跳了起來。

九夜眼疾手快，一把抓住他，小毛人驚慌失措，張開嘴巴發出一陣「嘰嘰嘰」的尖銳嘶叫。

而他這麼一叫，登時滿地落葉全都一片片掀起來了！每一片落葉底下，都藏著一個正在睡覺的小毛人！

頃刻間，黑褐色的土壤表面湧起了一層白色浪潮，數不清的小毛人一邊嘰嘰尖叫，一邊在樹林裡四下逃竄。

一陣風吹過，他們身上濃密的白色絨毛紛紛揚揚地飛了起來，我恍然大悟，驚道：「啊！原來這幾天飄散在城市上空的白毛，就是從他們身上飛出來的嗎！」

九夜看著滿地奔跑的小毛人，說：「都站住，我有事要問你們。」

話音落下，小毛人全都停了下來，戰戰兢兢地看著九夜，慢慢聚攏成一團，站在原地不知該如何是好。

而這時，從背後響起了一個暴躁不堪的聲音。

「喂！你們兩個搞什麼鬼，居然跑到這裡來了！我找了你們半天！」

我一愣，回過頭，看到林崎正從遠處怒氣沖沖地跑過來。

「阿夜，林警官來了。」我急得拉了拉九夜。

「沒事，不用擔心。」

九夜拍拍我，鎮定地說：「影妖，把他們帶回去。」

「欸？球球也來了嗎？」

只看到我的影子裡蹦出一顆黑色毛球，對著我調皮地眨了眨眼睛，隨後張開了黑洞洞的大嘴巴。

小毛人們猶豫了片刻，可是好像又有點害怕眼前的九夜，不敢不從，只能一個接一個地跳進影妖的嘴巴裡。將所有小毛人「吃」進去之後，影妖嘴巴一閉，又鑽回我的影子裡，消失不見了。

「你們兩個到底在幹什麼！為什麼跑到這裡來？」

林崎氣勢洶洶地衝到我們面前質問。

九夜指著我，平靜地解釋道：「哦，他說內急，所以我陪他來噓噓。」

「哈？什麼？」

九夜轉過頭，朝我微微一笑，笑得滿臉無辜。

我無法為自己辯解，只能咬牙切齒地瞪他。

這個可惡的傢伙！

第二章 菌人・下

回到家裡，已經是傍晚五點。

我坐在沙發裡，看著影妖張開嘴巴，將小毛人一一「吐」出來，越「吐」越多，「吐」得滿地都是，最後屋子裡白茫茫一片，彷彿被厚厚的白雪覆蓋，伴隨著嘰嘰喳喳的喧鬧聲。

阿寶從樓上跑下來，興奮地撲進小毛人堆裡，追著小毛人想要抓住他們。

小毛人受到驚嚇，慌慌張張地四處逃竄，一會兒碰翻垃圾桶，一會兒撞倒椅子，一會兒又跳到桌上，還將九夜非常喜歡的茶杯弄掉了下來。

匡啷一聲，青瓷茶杯碎了一地。

「阿寶！不要再胡鬧了！」我喝斥了一聲。

阿寶看我真的生氣了，趕緊放開手裡抓到的小毛人。

可是，阿寶不鬧了，那些小毛人仍舊嘰嘰喳喳地吵嚷著，直到九夜沏好了一壺茶從廚房走出來，說：「都給我安靜。」

小毛人們這才終於閉了嘴，一個個驚慌失措地站在那裡。

「阿夜，殺死虎鯨的元凶就是他們嗎？」我問。

九夜點頭道：「對，就是他們。」

「他們到底是什麼？」

「小默，你還記不記得，我曾經跟你講過一個菌人的故事？」

「菌人？」

我回憶片刻，突然想了起來。

「啊，我記得我記得！你說過，在這個世界上，有一種蕈菇大小的迷你小人，他們生活在南方海邊，頭腦聰明四肢靈巧，並且有著鋒利的牙齒，可以捕殺比自己大許多倍的獵物……」說著說著，我不禁疑惑地看了看滿地的小毛人，恍然道，「咦，難道你是說……他們就是菌人？」

「是的，他們就是菌人。」九夜喝了口茶，道，「只不過，通常情況下，菌人不會來到人類居住的城市，他們只生活在遙遠的海邊，以海中生物為食。」

他掃了那數不清的小毛人一眼，問：「是誰咬了那個警察？」

話音落下，滿屋子的小毛人全都沉默不語，誰也沒有出聲。

隔了好一會兒，終於有一個小毛人慢吞吞地走了出來，爬到桌上，好像有一肚子委屈似地，嘰嘰咕咕說了一堆話。

九夜伸出手，道：「好了，不要再解釋了，給我吧。」

那個小毛人低下頭，扁了扁嘴，不情不願地把手伸進自己的嘴巴裡，取出一枚非常細小的白色錐形石頭。

九夜把這塊小石頭遞給我，說：「這是菌人的牙齒，可以抑制他們唾液中分泌的生長毒素。把這個交給林崎，告訴他，磨碎了之後塗抹在麻小凡手指的傷口上，傷口會自動吸收，兩個小時之內身上的白毛便會慢慢褪去。」

我小心翼翼地接過小石頭，包在紙巾裡，趕緊去打電話給林崎。

等我打完電話回到客廳，只看到滿地的小毛人情緒激動地向九夜訴說著什麼，邊說邊揮舞手腳。

「阿夜，他們在說什麼？發生什麼事了嗎？」

「嗯，他們說，菌王被抓走了。」

「菌王？」

我不明白地皺眉。

九夜放下茶杯，解釋道：「菌人是一種無性繁殖的生物，依靠菌王的自體細胞分裂來繁衍下一代，所以如果沒有菌王，等於菌人種族沒有了母體，再也無法繁殖，將導致族群漸漸滅絕。」

我忍不住道：「啊，這麼嚴重！」

九夜點點頭，說：「沒錯，這關係到整個菌人種族的生死存亡，所以它們才會冒險來到人類居住的城市，尋找菌王。」

「咦，難道是人類抓走了他們的菌王？」

「嗯，我猜，應該是個獵妖師。」

什麼？又是「獵妖師」？

聽到這三個字，讓我心底一驚。

九夜停頓了一下，緩緩道：「作為一個種族最原始的母體，菌王並不是那麼容易被抓到的，而能夠抓住菌王，想必有一番本事才對，所以，我猜測那個抓走菌王的人，不是普通人。」

話音落下，滿屋子的小毛人又開始嘰嘰喳喳地說了起來。

有幾個小毛人爬到桌上，可憐兮兮地拉了拉九夜的袖子，隨後五體投地地跪了下來。他們一跪，全屋子的小毛人立刻跟著一同齊刷刷地跪了下來。

九夜沉默片刻，嘆了口氣，道：「好吧，我幫你們找找看菌王在哪裡。」

晚上八點，我跟著九夜一起出了家門。

雖然知道自己可能完全幫不上忙，可是看到那些小毛人惶恐不安的焦慮模樣，不禁也想為他們出一份微薄之力。

九夜沒有阻止，只是要求我不可以離開他的視線。

夜晚的溫度比白天低了許多，春寒料峭，我裹緊外套，快步跟在九夜身旁，剛想問準備去哪裡找菌王，便看到他一邊走一邊喚了聲：「風妖。」

話音甫落，背後突然起風了。

寒冷的夜風呼嘯著從遠空吹拂過來。

「在。」

一個柔和的聲音自耳畔響起。

我嚇了一跳，戴起眼鏡回過頭，不知何時，風中纏繞起無數條閃爍的銀色光流，那些光流如同水中游魚一般繾綣交織，匯合成一條流光溢彩的銀亮光帶，光帶之中，探出一張半透明的淺藍臉孔。

那張臉孔飄浮在半空，跟隨著九夜的步伐在風中飛翔。

「帶我去找菌王。」九夜道。

「遵命。」

風妖應了一聲，便隱沒在流動的光帶裡。

光帶化為了漫天飛舞的銀色蝴蝶，彷彿為我們引路一般，在漆黑的夜色之中閃閃爍爍，飛向前方。

我和九夜緊緊跟著銀蝶，一路穿過大街小巷，越過河流，走過麥田，走了將近六、七公里路，完全沒有停歇。

我累得氣喘吁吁，雙腿發軟，幾乎跟不上九夜的速度，而那些蝴蝶也越飛越高、越飛越快。

眼看著就要被落下，九夜回過頭笑了笑，伸手拉住了我。

也不知道是不是錯覺，被九夜拉住之後，腳步一下子變得輕快了起來。

就這樣，又快步走了大約半個多小時，我們來到郊外的一片曠野。

幾乎是在很遠的地方，我就已經看到了曠野上矗立著一棟小屋。

銀色蝴蝶飛到小屋上空，化為無數道光流，漸漸隨風消散。

曠野上的小屋看起來有點奇怪，從屋頂到牆腳，通體雪白，彷彿被一層厚厚的白雪包裹著，在皎潔的月光照耀之下，反射出一片炫目的色彩，遠遠望去，似乎有點「童話小屋」的味道。

然而，等到走近了再仔細一瞧，我這才吃驚地發現，原來，那根本不是什麼白雪，而是這整棟屋子，上上下下，全都長滿了厚實的白毛！

「天！為什麼屋子會長白毛？」

我驚訝地看著眼前的白色小屋。

九夜站在屋子前，若有所思地看著那扇開啟的大門。不知道為什麼，這棟屋子的大門敞開著，一眼望進去，裡面黑漆漆一片。

球球從我的影子裡鑽了出來，張開嘴巴，吐出一堆小毛人。

小毛人看到這棟長滿白毛的屋子，好像感應到了什麼，情緒都激動了起來，一邊嘰嘰喳喳地叫嚷著，一邊衝進屋子，但是被九夜喝止了。

「全都站住，不要進去。」

幾乎就在話音落下的同時，那扇開啟的大門裡飛出一個人。

對，沒錯，是「飛」出來！而不是「走」出來或者「跑」出來！

那個人背對著我們，從屋子裡斜飛出來，彷彿是被某種強大的力量正面衝擊到，整個人被震飛了出去。

出乎意料的是，這個人沒有狼狽地摔在地上，而是一雙長腿踏在一棵樹幹上借力一蹬，在半空裡劃過一道漂亮的曲線之後，如同平沙落雁一般，單膝跪地，穩穩停在地上。

此人穿著一身頗為眼熟的白色制服、黑色皮靴，手臂上戴著一枚閃亮的金色盾形徽章。

徽章上的圖騰是一柄帶有羽翼的利劍與纏繞的雙蛇。

這是個年輕的男人，手裡提著劍，劍尖點地，站了起來，身姿挺拔地佇立在凜凜寒風之中，俊美的面容冷若冰霜。

「顧、顧昔辰！」

我驚訝到失聲喊了出來，愕然地瞪著眼前突如其來的男人。

顧昔辰蹙眉，轉眸看了我們的方向一眼，也愣了一下。

「呵，最近還真是有緣。」

九夜微笑著，淡然地站在原地。

顧昔辰看了看他，又將目光轉向我，就和上次在鬼市遇見時一樣，是那種帶有質疑、非常銳利的眸光。

我不知道他為什麼總是要用這種眼神看我，但是那雙如寒潭一般深不見底的漆黑眸子令我有點害怕，情不自禁地躲到九夜身後。

顧昔辰仍是盯著我不放，又往前逼近一步，握著劍的手一抬，卻突然間聽到砰一聲震響。

白屋裡又飛出兩個身穿制服的男人，不過這兩個人沒有站穩，摔得十分狼狽。

其中一人從地上爬起來，焦急地看向顧昔辰。

「會長，陣法支撐不住了，需要叫增援嗎？」

顧昔辰轉身看了屋子一眼，冷聲說：「不用。」

「喀啦、喀啦啦！」

數道脆響劃過，只見屋子的整面牆壁碎裂，緊接著轟隆一聲巨響，如同靜夜裡豁然炸開的晴空霹靂，一團巨大的白色雪球撞破牆壁衝了出來。

伴隨著一聲咆哮，那團長滿白毛的雪球向我們狂奔而至。

望著迎面滾來的雪球，我一下子呆住了。

「小默！」

九夜一把抓住我，往後一扯。

我一個踉蹌，險些與雪球相撞。

雪球幾乎貼著我的身體擦過，見一擊不成，又衝向顧昔辰他們。

我回過頭，看到那團雪球的背面，居然有一顆頭！

那是一顆人類的頭顱，脖子以下全部埋在雪球的白毛裡，只露出來一張中年男人的臉孔。

那個男人扭曲著五官，拚命尖叫，露出絕望又悲慟的神情。

「救命！救命！救救我！救救我啊！」

嘶啞的哭喊一陣陣迴盪在寂靜的深夜裡，聽得我渾身毛骨悚然。

「怎麼回事？那個人為什麼會變成這樣？」

我驚駭地望向九夜。

九夜仍是一臉平靜，搖了搖頭說：「被菌王融合到這個程度，已經沒救了。」

「融合？什麼意思？」

長著人頭的巨大雪球撲到了顧昔辰面前，顧昔辰縱身一躍，避開衝撞，隨後揮起手中的長劍。

九夜緩緩道：「之前我和你說過，菌人的繁殖依靠菌王的自體細胞分裂，而同樣的，菌王的細胞既可以分裂，也可以融合。」

我恍然大悟，不禁吃驚道：「你是說，那個人已經被菌王吞噬，兩者合二為一了嗎？」

「不是合二為一，確切說，是他變成養分，被菌王吸收掉了。」

「變成……養分……」

這句話聽起來有點驚悚，我疑惑道：「為什麼會變成這樣？」

九夜微微笑了一下，說：「這個人，應該就是抓走菌王的獵妖師。有些下等的獵妖師，為了博取名聲和地位，會在除妖之前先養妖，將小妖養成大妖，大妖養成老妖，再將之除去。這樣做的風險很大，倘若本事不夠，很容易被妖反噬，顯然，現在這個人，就是其中之一。」

話音落下，只看到顧昔辰一劍刺入雪球之中，手臂一振，憑藉著強大的腕力，往前衝了幾步，將雪球生生釘在殘破的小屋上。

畫面定格的瞬間，那個中年男人的臉孔，剛好正對著顧昔辰。

「會、會長，救我……救救我……」

已經只剩下一顆頭的男人哭得淚流滿面。

「你這是自食惡果。」

顧昔辰神情冰冷地道：「我警告過你們，養妖是禁忌。」

「對、對不起……我錯了、我錯了……會長，求你救救我……救救我……」

「事到如今我也救不了你，現在唯一能幫你的地方，就是讓你早點解脫。」

顧昔辰甩出一張符咒，按在男人的頭頂。

男人頓時尖叫著哭喊了起來。

「不！不要！我不想死！不想死！救命！救命！救救我——」

喊著喊著，聲音慢慢衰弱了下去，男人的整顆頭顱埋入了濃密的白毛之中，直到最後，消失不見。

我目瞪口呆地看著這一切，喃喃道：「那、那個人……被菌王吃掉了？」

「是的。」九夜點了點頭。

也不知道是不是錯覺，吃掉了獵妖師的菌王，似乎比之前大了一圈，長滿白毛的身體掙扎著滾動了一下，居然毫髮無傷地將釘在身上的長劍彈了出去。

顧昔辰往後退開，另外兩名獵妖師立刻走上前。

「會長，現在怎麼辦？要不要除掉？」一個人問道。

顧昔辰看著那團巨大的雪球，道：「菌人生活在與世隔絕的海邊，以海中生物為食，對人類沒有攻擊性，不會造成危害，不除也罷。」

說完，他轉身看了我一眼，欲言又止地沉默了幾秒，便頭也不回地離開了。

直到三名獵妖師走出去很遠，那些小毛人才戰戰兢兢地從九夜身後跳出來，比劃著手腳，嘰嘰咕咕地對九夜說話。

九夜笑了笑，說：「沒事了，你們回去吧。」

小毛人點點頭，一個接一個地跳進了菌王濃密的白毛裡。

明亮的月光照耀之下，一場「鵝毛大雪」紛紛揚揚。

也不知道菌王到底有沒有長腳，在我看起來，那顆巨大的「雪球」好像是在曠野裡慢慢地滾動著，越滾越遠，最後漸漸消失在了視線盡頭。

三天後，林崎帶著健康出院的麻小凡前來道謝。

門一打開，只看到他遞過來兩盒七星坊紅豆蜜桃口味的水晶羊羹。

不過，藉著道謝的名義，林崎拉著我盤問了許多事情。

可能是因為他覺得九夜比較難對付，所以只能來問我，問我給他的那顆小石頭究竟是什麼東西？問我殺死那頭虎鯨的凶手究竟是誰？

我不知道該怎麼解釋，只能尷尬地撓著頭，含糊地應了幾句。

林崎不甘心，還想追問，可是被九夜毫不留情地逐出了門外。

臨走前，他目光灼灼地逼問：「尉遲九夜，你究竟是什麼人？」

然而話音未落，只聽砰的一聲，房門關上了。

一個禮拜後，莫名瀰漫在城市上空的白毛，終於完全散去了，天空久違地露出原本湛藍而澄澈的色彩，看了不禁令人心情大好。

第三章

少女・上

陽春三月，草長鶯飛，正是出門旅行的好時節。

看著電視裡山清水秀的旅遊廣告，阿寶扯著我的袖子，嘰嘰喳喳地說想去這裡玩、想去那裡玩，什麼地方都好，總之，就是不想悶在家裡。

我想想也是，他之前住在長白山上，天大地大到處撒野，如今住在這麼一間小屋子裡，感覺怪可憐的，便答應帶他出去玩。

「好耶！球球，我們要出去玩了！出去玩！」

阿寶興奮地蹦了起來，踩著樓梯扶手噠噠噠地飛奔上了二樓。

九夜坐在沙發上抬起頭看我，無奈道：「阿寶真是要被你寵壞了。」

我撓了撓頭，嘿嘿一笑，說：「難得天氣這麼好，大家一起出去走走也不錯。」

趴在狗窩裡舒舒服服地曬著太陽的白澤，懶洋洋地翻了個身，打了個哈欠，不屑地說：「哼，無聊，我才不想去。」

「沒有人說要帶狗去。」九夜瞥了他一眼。

「喂，你罵誰是狗？」

「除了趴在狗窩裡的，還會有誰？」

「你、你這個老東西！不嗆我一句會死是不是！」

白澤忿忿地昂起頭，齜牙咧嘴，一副想要打架的樣子。

我趕緊擱在中間，勸道：「好啦好啦，都別吵了，這樣吧，我上網找找有沒有可以帶狗一起入住的民宿。」

白澤回過頭來大吼：「你才是狗！」

就這樣，我們決定了一場說走就走的旅行。

三天後，我安排好路線，預訂住處，租了一輛車。

大學期間考的駕照終於可以學以致用，不過真的沒有想到，第一次正式開車上路，竟然是載著一群人出遊，哦，不對，確切來說，是載著一群妖……

由於白澤體型過大，塞不進車裡，最後只能趴在車頂，一路上威風凜凜招搖過市，成為了一道移動景觀，路人紛紛駐足側目。

本來我還擔心遇到警察，不過好在開出城市之後，四周除了青山綠水，便是一望無垠的田野。

沿途的景色令人心曠神怡，迎著微醺的暖風，照耀著明媚春光，望著窗外的藍天白雲，後座的阿寶開心得手舞足蹈，影妖也雀躍地在旁邊不停彈跳。

不過作為一個新手司機，我不敢有任何鬆懈，一直專注地握著方向盤，儘管開得小心翼翼，還是每次轉彎都被車頂上的白澤痛罵。

而坐在副駕駛座的九夜始終保持著悠然自得的模樣，哪怕是突然一個急剎車，差點撞上路邊的電線杆，他也仍舊只是微微一笑：「坐你開的車，好像比去遊樂場坐雲霄飛車更有趣呢。」

我忍不住滿臉黑線地瞪了他一眼。

伴隨著微風與陽光，我們一路向著南邊進發。

到了傍晚時分，終於抵達了這次旅行的目的地。

那是一個坐落在群山包圍之中的小小城鎮，長住人口不多，遊客倒是絡繹不絕。

據說由於地理位置不好，與外界往來不便，再加上物資匱乏，這個城鎮一度非常貧窮，一直依靠政府部門的經濟補助才得以生存下來。

但是在三年前，這個城鎮的地底下開採出了富含礦物質的天然溫泉，經過報導和宣傳，漸漸成為一個有名的溫泉小鎮，吸引越來越多的遊客。

而小鎮的經濟狀況，也得到了很大程度的改善。

如今，這個小鎮裡有超過三分之二的居民都開了溫泉民宿。

這次我們入住的民宿，叫做「南風」。

真是萬萬沒有料到，「南風」的老闆娘，居然是一個只有二十多歲的女孩子，看起來沒有比我大多少，卻能獨自一人撐起整間民宿，從清潔工作到準備伙食，從接待客人到資金運營，一切都打理得井井有條。

這個女孩叫琴子，琴子還有一個弟弟和一個妹妹。弟弟小智十二歲，妹妹香香今年才七歲。看到我們帶著一隻大白狗走進來，小智和香香都興奮地圍了過來。

琴子熱情地迎接我們，把我們帶到房間，隨後泡了一壺茶。

我喝了口茶，忍不住好奇地問：「這間溫泉民宿，只有妳一個人打理嗎？還要撫養弟弟和妹妹，應該很辛苦吧？家裡的其他人呢？」

琴子將房間鑰匙和準備好的浴衣交到我手上，說：「父親在六年前出了意外事故離開了我們，後來母親改嫁，現在也不知道在什麼地方。弟弟妹妹年紀還小，所以民宿只能靠我一個人打理。」

我趕緊道歉：「啊，對不起對不起，我不該問的。」

琴子坦然地笑了笑，眉宇間透出一種不屬於她這個年紀的成熟，道：「沒關係，父母的事情都已經過去好多年，我連母親的樣子都不記得了，而我也已經習慣了現在的生活，只要能將弟弟妹妹撫養長大，就算再辛苦也值得。」

「哦哦，妳能這樣想真了不起！」我不禁由衷地感慨。

琴子似乎有點不好意思，笑著搖了搖頭。

而另一邊，阿寶和小智還有香香玩得不亦樂乎。

白澤在房間裡走了一圈，眼神裡似乎帶著一絲古怪的意味，抬起頭看了看九夜。

九夜正坐在窗邊喝茶，神色悠然，淡淡與白澤對視了一眼。

也不知道是不是我的錯覺，看這兩個人的樣子，好像都有點奇怪。

晚上七點，吃完了一頓美味大餐，終於輪到我們一行人包場泡溫泉的時間。琴子給了我三套浴衣，兩套成人，一套小孩子的。

狗無法進入溫泉，我正想請白澤在房裡等我們回來，可是一轉身，他早已不見蹤影，不知道究竟去了哪裡。

九夜道：「不用管他，我們自己去吧。」

「耶！泡溫泉囉！泡溫泉泡溫泉！」

阿寶穿著小小的花朵圖案浴衣，興奮地揮手高喊，踩著木屐飛奔了出去。

「喂！等一下，腰帶還沒有繫好！阿寶，不要跑！」

我趕緊抓起房間鑰匙和毛巾追出去，卻被一把拉住了。

「你自己也沒有穿好。」九夜指著我歪歪扭扭的衣襟。

我疑惑道：「咦，浴衣不是這樣穿嗎？」

「這條帶子不是繫在這裡，應該繫在裡面。」

他一邊說，一邊細心地替我重新繫好腰帶。

第一次穿浴衣，沒想到穿法居然還有點複雜。

「你啊，每次都忘記浴衣怎麼穿。」九夜低聲說了句。

「嗯？你說什麼？」

九夜淡淡一笑，搖頭道：「沒什麼。」

「小默默，小默默，快點來！」

阿寶在外面等不及了。

「來了來了！你不要亂跑！」

我應了一聲，一邊快步走出去，一邊回頭道：「阿夜，你也快點來！」

於是，經過客房走廊，穿過一片小竹林，我帶著阿寶來到了南風的露天溫泉。

還沒等我放好東西，阿寶就已經脫光光跑出了室外。

因為是包場，更衣室裡只剩下我一個人，也不知道為什麼，忽然感覺，好像有點冷。

我縮了一下肩膀，往手心裡呵了一口熱氣。

脫下浴衣，在腰間圍上毛巾，我將阿寶和自己的兩套浴衣折好放進櫃子裡，正準備走出去，剛一個轉身，忽然聽到嘩啦一聲。

回頭看了看，原來是浴衣從櫃子裡掉出來了。

我蹲下來撿起浴衣，重新放了回去，正要轉身離開，孰料，又是嗶啦一聲。

浴衣居然又掉到地上了。

怎麼回事？明明剛才放得好好的……

我疑惑地再次撿起衣服。

這一次，我特意將兩件浴衣放到櫃子最深處，還反覆確認了好幾次絕對不會掉出來，可是才轉過身，還沒邁開腳步，便又聽到嗶啦一聲。

浴衣又從櫃子裡掉出來了！

這下我警覺了起來。

更衣室裡的溫度好像又下降了不少，我光著上身感覺冷得發抖。

雖說這個空間是半開放式的，可是不應該比室外更冷啊！

我甚至還看到……衣櫃邊緣凝結了一層薄薄的霜？怎麼回事？這未免太奇怪了

吧，現在已經是春暖花開的天氣了，怎麼可能還會結霜！

我哆嗦著往後退到牆邊，警惕地環視四周，然而目光所及之處，並未發現任何異常。

但是，在冥冥之中，我有一種很微妙的感覺。

這個更衣室裡，不只有我一個人，似乎還有其他人，或者什麼東西存在……

可是沒有影晶石眼鏡，我什麼都看不到。

正思索間，頭上的日光燈冷不防地閃了閃，整個更衣室暗了幾秒之後又亮了起來。

寂靜無聲的空間，讓人有點毛骨悚然。

也、也許……只是錯覺吧……

站在原地僵持了一會兒，我顫抖地伸出手，將浴衣再次放回櫃子，也不管它是不是會掉出來，立刻轉身衝了出去。

然而，當我一腳踏出室外，便傻了眼。

因為我居然看到，九夜已經……泡在了溫泉裡！

靠，這傢伙！到底是什麼時候、又是從什麼地方進來的？

為什麼我在更衣室裡沒有看到他？

我不可思議地瞪著眼睛。

九夜若無其事地微笑著說：「你怎麼這麼慢？」

「我……」

「小默默！快點來快點來！這裡好舒服！」

阿寶光溜溜地從水裡蹦出來，一把拉住我，跳進了溫泉裡。

「喂！等、等一下！嗚啊啊——」

撲通。

我幾乎是被阿寶扯著摔進了水裡。

溫熱的泉水裹住全身，頓時感覺通體舒暢，毫不誇張地說，就彷彿是打開了全身經絡，渾身上下每一個毛孔都舒張開來了。

「哇喔！真的好舒服啊！好像被太陽擁抱的感覺！」

我愜意地閉起眼睛，情不自禁地感嘆。

九夜望著我，忍不住笑了出來，道：「每次泡溫泉你都這麼說。」

「嗯？我有和你一起泡過溫泉嗎？」

我疑惑地看他。

九夜只是笑了笑，沒有回答。

「小默默，你看你看，球球也來了！」

阿寶興奮地拉著我指向後面。

我回過頭，看到溫泉旁邊的樹影裡鑽出一團黑色毛球。

「球球？喂，你、你不要進來，地方不夠了！」

影妖咧開嘴角，露出一排潔白的細小牙齒，賊賊一笑，原地彈跳了幾下，隨後撲通跳進了溫泉裡。

「嗚哇！」

飛濺的水花噴了我一臉。

阿寶咯咯咯地開懷大笑了起來。

「球球！這裡是溫泉，不是水上遊樂場！」

我抹了把臉上的水，訓斥道。

可是影妖完全沒理會我說什麼，仍舊浮在水面上跳來跳去。而神奇的是，它那毛茸茸的身體居然絲毫沒有沾濕，蓬鬆依舊。

本來就不大的露天溫泉變得越來越擁擠，我只能無奈地扶了下額頭，剛要往後靠，卻又撞上了某個東西。

猛一回頭，大吃一驚。因為，我竟然看到了一個……一個人？

那是個年輕的男人，也不知道究竟是什麼時候出現在我背後，他閉著眼睛享受地泡在溫泉裡，那張稜角分明的英俊面龐看起來似曾相識，好像在哪裡見過。

而他的頭上，竟然長著一對毛茸茸的三角耳朵……呃，如果沒有看錯，那應該是耳朵吧？這個男人還有著一頭華麗的銀白色長髮，怎麼看怎麼覺得眼熟……

男人睜開一隻眼睛，不屑地瞟了我一眼，罵道：「看什麼看？愚蠢的人類！」

「啊！是、是白澤？你是白澤！」

「吵死了！」

白澤抖了抖毛茸茸的耳朵，凶巴巴地瞪我。

這時，阿寶撲了過來，一把揪住白澤的毛耳朵，嬉笑著嚷嚷道：「大白！大白！球球你看，是大白耶！我們一起玩吧！」

「誰要和你們一起玩？放手，小鬼！否則我宰了你！」

白澤凶神惡煞般地吼了一聲，可是阿寶並不害怕。

我忍不住好奇地問：「你的靈力已經恢復了嗎？可以變回人形了？」

白澤哼了一聲，傲慢地回答：「本大爺早就可以變回人形了！」

「呵呵，只是暫時的吧，連耳朵都藏不起來。」

一旁閉目養神的九夜睜開眼睛，嘲諷地看他。

「囉、囉嗦！你這個老傢伙，給我閉嘴！」

白澤氣急敗壞地解釋道：「我、我只是懶得藏起耳朵而已！」

我笑了笑，也不揭穿，看看九夜，看看阿寶和影妖，又看了看白澤，隨後慢慢靠在岩石上。泡在溫暖的泉水裡，吹著迎面拂來的春風，仰望漫天璀璨的星空，緩緩道：「你可以變回人形，大家一起泡溫泉，真好。」

聽到這話，白澤愣了一下，隔了許久，彆扭地小聲咕噥了句：「哼，愚蠢的人類，泡溫泉有什麼好的……」

在四十度的溫泉裡泡了大約二十多分鐘，我熱得滿臉通紅大汗淋漓，感覺已經到了極限，便起身離開了露天溫泉區域。

當我回到更衣室，擦乾了身體往櫃子裡一看，之前放著的兩套浴衣，居然全都不見了！

靠！怎麼回事？衣服呢？衣服到哪裡去了？

我赤裸著身體，著急地到處尋找，可是找來找去始終沒有找到。

「小默，怎麼了？」

九夜走了進來。

我回過頭，神奇地發現他竟然已經穿好了衣服！

好吧，算了，無論多奇怪的事情發生在這傢伙身上，我都見怪不怪了。

「我和阿寶的浴衣不見了。」

我抱著肩膀，望向九夜求助。

九夜脫下浴衣外面的羽織外套披在我身上，隨後轉過頭，好像在盯著什麼東西看，眼神十分銳利，說：「妳玩夠了嗎？」

咦，他在和誰說話？

順著九夜的視線望過去，只是個空空蕩蕩的角落，什麼都沒有。

而此時，阿寶光著身子，一蹦一跳地從外面跑了進來，也往那個空無一人的角落甜甜一笑，問道：「姐姐，可以把衣服還給我嗎？」

姐、姐姐？靠，什麼情況？

我下意識地用毛巾捂住下半身，而等到抬眸再一看，卻發現櫃子裡忽然出現了兩套衣服！那是……我們的浴衣！

晚上八點半。

我們泡完溫泉回到了房間。

我從背包裡拿出影晶石眼鏡戴上，看到了一個女孩子。

那是個約莫十八、九歲的少女，眉清目秀，一身夏天的無袖洋裝，綁著雙馬尾。

她好奇地盯著我，又轉頭打量九夜，雙眉微微一蹙，疑惑道：「真沒想到你們都能看到我，你們是什麼人？」

我抽了抽嘴角，想到剛才自己的裸體被一個女孩子看光了，不禁面紅耳赤得抬不起頭來，道：「這個問題，應該是我問妳才對吧，為什麼妳會在更衣室裡？妳到底是什麼？」

「哈哈哈哈，你能看到我，卻不知道我是什麼嗎？」

少女爽朗地大笑，笑得雙馬尾晃來晃去，非常活潑。

九夜坐在矮桌邊，喝了口茶，悠悠地說：「她是個死靈。」

「死靈？」我皺了皺眉，看著眼前呈半透明狀的少女靈魂，問，「為什麼她會在這裡徘徊，沒有進入輪迴？」

九夜放下茶杯，道：「因為她的肉體還留在人世，所以無法進入輪迴。」

我驚訝道：「你的意思是說，這個女孩子雖然死了，但是她的屍體還在這個世界上，所以靈魂沒有辦法投胎？」

「沒錯。」九夜點頭。

聽著我們的對話，少女瞪大了眼睛，愕然道：「咦，為什麼你們會知道？你們到底是什麼人？」

九夜沒有回答，只是看了她一眼，緩緩道：「死靈如果在這個世界上逗留太久，很容易墮化成惡靈。」

話音落下，我猛地一驚，瞬間想到了趙胤飛將軍！

這位古代將軍，因為心中的執念而徘徊在人世，不願意進入輪迴，墮化成了惡靈，最後魂飛魄散，灰飛煙滅，永永遠遠地從這個世界上消失了……

我實在不想看到有第二個死靈變成那樣，趕緊道：「需要我們幫忙嗎？我可以幫妳找到屍體，火化安葬，這樣妳就能進入輪迴了。」

少女卻非常乾脆地拒絕道：「不用。」

「可是這樣下去妳會變成惡靈的！」

她仍舊堅定地搖了搖頭，說：「你找不到我的屍體的。」

「為什麼？」我疑惑道，「可以告訴我，妳是怎麼死的嗎？」

少女轉過臉，支支吾吾地回答說：「我……我忘記了……」

「妳忘記自己是怎麼死的？」

「對啊，不記得了，我也沒辦法。」少女聳了聳肩。

「那、那妳叫什麼名字？住在哪裡？我可以幫妳去調查。」

「名字和住址，也全都忘記了。」少女挑了下眉毛，一臉無辜地看著我。

我想了想，又問：「那……妳是什麼時候死的？」

「不記得了。」

我扶了下額，無奈道：「妳什麼都說不記得，這樣我很難幫妳。」

「拜託，我根本就不需要你幫忙啊！」

「可是……」

「好啦，不要再可是了！」少女趴到矮桌上，一手托住下巴，古靈精怪地朝我眨了眨眼睛，笑著說，「如果你真的想幫忙，不如，跟我聊聊天吧？」

「哈？聊天？」

「是啊，大家都看不到我，我已經很久很久沒有和人說過話了，就這樣整天一個人晃來晃去，好寂寞好無聊啊，你願意陪我聊天嗎？」

「哦，好，妳想聊什麼？」

「什麼都可以！」

少女俏皮地眨著眼睛，問：「喂，現在外面的世界怎麼樣了？」

「唔，外面的世界……」我撓了撓頭，說，「伊拉克和敘利亞還在打仗。」

「噗嗤！我才沒有在問你這個啦！」

她好笑地看著我，問：「現在還流行迷你裙嗎？」

「這、這個，我不太清楚……」

「那老鷹樂團還有出過新專輯嗎？」

「呃……我、我也不追流行音樂……」

「那……《情非得已》這部電視劇完結了嗎？」

「我……不知道……」

「喊，你怎麼什麼都不知道？還說我呢……」少女悶悶不樂地嘟起嘴，隔了幾秒，又興奮地湊過來，道，「顧昔辰你總該知道了吧？」

「欸？顧昔辰？」我一愣，轉眸看了看九夜。

少女興致勃勃地說：「就是那個超人氣偶像明星，顧昔辰！長得超級超級帥的那個！」

話音落下，已經變回大白狗模樣的白澤，趴在桌邊嗤之以鼻地冷笑了一聲。

「顧昔辰現在怎麼樣了？有沒有出新的作品？啊，對了對了，他之前那部電影《冷風》，你看過了嗎？好看嗎？據說他在裡面演一個冷酷無情的大反派，帥到電影院裡有女生當場尖叫！啊啊啊……我真的好想看啊……好可惜……」

少女一邊說著，一邊鬱悶地望向天花板。

白澤突然說：「《冷風》是三年前的電影，妳那個時候就已經死了？」

聽到這話，少女驀然一愣，眼神變得有點閃爍。

九夜正在沖泡一壺桔梗花茶，淡淡微笑著，補充道：「看妳穿的衣服還是夏裝，這麼說，妳是三年前的夏天死的？」

少女不吭聲了，站起身，嘟嘟囔囔地抱怨說：「啊啊，和你們聊天太沒勁了，不聊了不聊了，我出去走走！」

語畢，她穿過房間的牆壁，徑直走了出去。

第四章

少女・下

那個女孩子離開我們的房間之後，沒有再回來。

我戴著眼鏡在整個民宿裡找了一圈都沒有看到她，也不知道究竟去了哪裡。

我感覺，那女孩是在刻意迴避我們，可是為什麼呢？

九夜笑了笑，意味深長地說道：「她清楚地記得自己喜歡的偶像，記得流行的衣服款式，還記得自己喜歡的樂團和電視劇，唯獨忘記自己是怎麼死的，甚至連自己的名字都不記得，你覺得這有可能嗎？」

我仔細一想，確實如此。

當天晚上，半夜醒來，我發現原本睡在旁邊的九夜不見了。

真是奇怪，這傢伙大半夜的能去哪裡？

睏倦地打了個哈欠，我從榻榻米上爬起來，阿寶摟著影妖睡得正香。

而趴在一邊的白澤睜開眼睛瞧了瞧我，說：「他在三樓。」

九夜在三樓？這棟民宿一共有三層，一、二樓是客人活動和休息的區域，而三樓則是琴子以及兩個弟弟妹妹的房間，九夜去那裡做什麼？

我下意識地戴上影晶石眼鏡，走出房間。

夜半時分，民宿很安靜，所有客人都在睡覺。

我披著外套，輕手輕腳地上了樓。

一踏上三樓樓梯口，就看到九夜站在走廊，正對著一間房門敞開的屋子，也不知道究竟在看什麼，一動不動地佇立那裡。

「阿夜，你在幹什麼？」我輕輕喚了他一聲。

九夜回過頭，指了指面前的房間。

我走過去一看，冷不防地嚇一跳，因為這個房間實在太詭異了，一片幽暗之中，到處都蓋滿白布，白布上結著蛛網，地板落著一層厚厚的灰。

這個房間，應該許久沒有人住了，而就在這個房間裡，我看到了之前那個少女的死靈。

可是此時此刻，女孩倒在地板上，抱著肩膀緊緊縮成一團，痛苦地咬著牙。

「阿夜，你、你對她做了什麼？」

九夜搖頭道：「我什麼都沒有做。」

「那她怎麼了？」

我趕緊走進房間，想要扶起那個女孩子，可是伸出手什麼都觸碰不到。

「枉死的肉體沒有入葬，靈魂得不到安息，久而久之，流落在人世間的魂魄就會被生前肉體遭受過的痛苦反噬。」

他看著在地上痛得打滾的少女，道：「反噬力量的發作，這應該不是第一次了吧？只要屍體仍在，這樣的痛苦就永遠不會停止。」

聽他這麼說，我急忙俯下身，對女孩說道：「告訴我好不好？妳到底是怎麼死的？屍體在哪裡？我可以幫妳好好安葬，這樣妳就可以解脫了。」

可是少女忍受著巨大痛苦，仍舊倔強地搖頭，說：「不……不用你管……你們走……不要多管閒事……」

「可是妳這樣下去——」

「我說了不用你管！」少女抬手一揮，似乎是想把我趕走。

雖然她根本碰不到我，我還是條件反射地往後退了一步，沒想到一腳踩到了身後的白布，頓時，整塊白布滑落了下來。

白布底下覆蓋的是一張陳舊的書桌。書桌上擺放著些許文具、一本漫畫、幾枚彩色髮夾，以及一個相框。

相框倒扣著，看不到裡面的照片。

出於好奇心的驅使，我忍不住拿起相框，剛想要翻過來看一眼，突然聽到背後響起了琴子的聲音。

「你們在幹什麼？」

我嚇了一跳，手一滑，相框摔落在地。

相框是木製的，沒有摔壞，裡面的照片從縫隙滑了出來。

我低頭一看，那是一張合影。

合影地點是在這棟民宿前，照片上一共有四個人，分別是琴子，琴子的弟弟妹妹小智和香香，而除了他們姐弟之外，還有一個人。

那個人不是別人，正是眼前這個已經變成了死靈的少女！

照片上的少女，親暱地依偎在琴子身邊，依舊綁著雙馬尾，朝鏡頭露出活潑又燦爛的微笑，手裡舉著一面小旗子，旗子上面繡著兩個大字：**南風**。

「請問這個女孩子是——」

我還沒說完，琴子就衝了過來，慌慌張張地撿起照片，塞進書桌抽屜裡，隨後轉頭警惕地看著我們，厲聲道：「三樓是我們的私人生活空間，客人不允許擅自上來，你們來幹什麼？」

「對、對不起……」我趕緊低頭道歉，又忍不住追問，「請問，照片上那個綁著雙馬尾的女孩子是誰？」

琴子沉默了幾秒，回答說：「一個朋友。」

「朋友？請問她現在在哪裡？」

「你問這個做什麼？」

琴子皺眉，帶著命令的口吻道：「現在已經很晚了，請你們回到自己的房間，不要影響其他客人休息。」

她將我和九夜趕出房間，關上房門，又將門上了鎖，隨即轉身離開。

我忍不住追上前，問：「妳的這個朋友，是不是已經死了？」

走在前方的琴子身子一震，停下腳步僵持了許久，斷然道：「我不知道你在說什麼，請你不要胡說八道。」

語畢，便頭也不回地走了。

回到房間之後，我幾乎整整一晚都沒有睡著，一直在回想那張照片。

第二天早上，按照原定計畫，我們退了房。

可是關於少女死靈的事情，我心裡始終放不下，拉著九夜在南風後院徘徊了許久。

我想再見那個少女一次，然而少女沒有露面。

我知道，她是刻意迴避我們。

「你啊，總是喜歡管閒事。」九夜無奈地看著我。

「我實在不想看到那個女孩子淪落成惡靈。」

我撓了撓頭，說：「不知道她的屍體，究竟會在什麼地方？」

九夜緩緩道：「昨晚那個房間，有一塊白布底下，蓋著一座很大的冰櫃……」

言止於此，他沒有再說下去。

我眨了眨眼睛，停頓了幾秒鐘之後才反應過來，愕然道：「冰櫃？難道你的意思是說……是說……」

一個令人難以置信的恐怖念頭從心底裡冒了出來。

「你、你是說……那個女孩子的屍體……藏、藏在……那個冰櫃裡？」

九夜無聲地點了點頭。

我倒抽了一口冷氣，被事實的真相嚇到了。

「為、為什麼會這樣……琴子看起來，不像是會做這種事的人……」

無論如何，這棟民宿裡藏匿著一具少女的屍體，不管這究竟是怎麼發生的，這件事，不能就這樣被掩埋，必須要有人要說出來，要讓警方找到屍體。

只有這樣，那個少女的靈魂才能得到救贖。

我掏出手機，遲疑了許久，猶猶豫豫地按下第一個數字鍵，耳邊便響起一聲大吼。

「不准報警！」

那個少女滿臉憤怒地瞪著我。

「為、為什麼？」我嚇了一跳，不解地看著她。

少女沒有給我任何解釋，只是忿忿地吼道：「不准報警就是不准報警！」

「妳的屍體，就在三樓那個房間裡沒錯吧？」我問。

少女板著臉孔，沒有回答。

我又問：「妳到底是怎麼死的？琴子為什麼要藏起妳的屍體？」

少女敵視地冷聲道：「你別再問了，我什麼都不會說的，你們快點離開這裡，我的事情不用你們管。」

說罷，她轉過身，可是剛往前踏出一步，突然間吃痛地叫了一聲，整個人跪了下來，緊緊抱住自己的腳。

少女沒有穿鞋，光著腳踏在地面上，她的腳背彷彿漸漸碳化，正在一點一點地變黑，而變成了碳黑色的皮膚上，血肉層層綻開。

「妳、妳沒事吧？」

少女痛得直不起身，一直跪在地上。

「我說過，只要屍體仍在，反噬的力量就會一直持續，痛苦永遠不會停止。」

九夜慢慢往前走了一步。

少女咬著牙，沒有吭聲。

九夜又道：「你是琴子的妹妹吧？」

少女驀然一愣，抬起頭。

「什麼？她是琴子的妹妹？」

我也是一愣，愕然地看著九夜。

只聽九夜道：「剛才我向附近的居民打聽，他們說，琴子家原本一共是兄弟姐妹四個人，幾年前老二考上了城裡的大學，嫌棄這個地方太窮，便一直待在城裡再也沒回來。這個老二，就是妳，對嗎？」

少女的嘴唇微微哆嗦了一下，但仍然沒有說話。

九夜繼續說道：「我還打聽到，這棟民宿，三年前落成時，因為管理上的疏失，曾經發生過一場不大不小的火災。所幸火災及時地撲滅了，沒有造成人員傷亡，之後民宿重新修整，加強管理，便一直平安無事地經營至今，生意也越來越好。」

一口氣說到這裡，九夜停頓了一下，道：「但是這些，並不是事實，因為那場火災，其實造成了一個人的死亡。那個人就是妳，對不對？」

「夠了！不要再說了！」

少女尖叫了起來。

她的雙腿變成了一片血肉模糊的焦黑色，看起來怵目驚心。

我恍然大悟，道：「是琴子，也就是妳的姐姐，隱瞞了妳的死亡，還把妳的屍體冷凍起來，對吧？這、這實在太過分了——」

「住口！你知道什麼！」

少女瞪著我，厲聲呵斥道：「你根本什麼都不懂！不要在那裡胡言亂語！」

「難道我說的不是事實嗎？」我看著她。

「沒錯，你說的是事實，但不是全部……」

少女捂著皮開肉綻的雙腿，跪坐在地上，眼眶漸漸紅了起來，聲音哽咽。

「自從失去雙親，這些年來，琴子姐既是姐姐又是母親，含辛茹苦地撫養著我們三個弟妹。我們家一直很窮，甚至小智和香香過生日的時候，連一塊蛋糕都買不起，明明琴子姐考上比我更好的大學，卻主動退學，把錢省下來讓我去城裡念書……

「三年前，小鎮的地底下偶然發現溫泉，給我們這座在窮山僻壤之中掙扎求生的小鎮帶來了希望，我和琴子姐經過許多天的猶豫和商量，最終動用了家裡唯一的存款，也就是父親意外事故的保險金，開了這間溫泉民宿。

「因為是第一次做生意，琴子姐起初完全不知道該怎麼運營和管理，小智和香香年齡還小，而我也只有寒暑假能回來幫忙，所以在最初的起步階段，大家都有點手忙腳亂。

「我清楚記得，大二那年夏天，在我剛剛回到家的第二天晚上，大概是因為電線短路，廚房起火燒了起來。我是第一個發現的，衝進去想要滅火，沒想到火勢越來越大，我不小心被濃煙嗆到，失去了意識……等到、等到我再次醒過來，就發現……自己變成了這樣……我可以看到琴子姐，看到小智和香香，可是他們都看不到我……」

聽到這裡，我問：「所以，琴子就藏起了妳的屍體？」

「如果我是琴子姐，我也會這麼做！」

少女毫不猶豫道：「這是我們唯一的選擇！如果被人知道這件事，南風肯定再也無法經營下去了，沒有人願意住死過人的民宿。換作是你，你還願意來南風泡溫泉嗎？」

我噎了一下，無法反駁。

少女的淚水順著臉龐流淌下來，喃喃道：「南風是我們的全部，也是最後的希望……一家的生活費、小智和香香的學費，全都依靠南風的收入才得以解決，我們不能沒有這間民宿，不能沒有南風……

「我不怪琴子姐，我理解她的決定，哪怕每天都得忍受痛苦，我也願意！而且，這三年來，琴子姐每天晚上都會來看我……幾乎每天，她都會抱著我的屍體哭，一直對我說對不起……對不起……」

少女悲從中來，忍不住失聲慟哭，哽咽著向我哀求道：「求求你，不要報警……不要報警好不好？求你不要報警……不要報警……」

我沉默地站在原地，隔了許久，緩緩放下了手機。

九夜看著跪在地上痛哭的少女，說：「如果妳的弟弟妹妹，知道自己是背負著姐姐的死亡才換來現在的生活，他們會怎麼想？」

少女淚流滿面地抬起頭，可是沒有說話。

我感覺心裡很不好受，有種無法言喻的酸楚與苦澀。

說實話，我根本不清楚，究竟該怎麼做才是正確的選擇。

應該報警嗎？少女的死靈得到救贖，琴子卻會因為藏匿屍體而被逮捕，南風跟著倒閉，小智和香香失去唯一的親人，進入孤兒院……

如果不報警，少女的死靈便會繼續承受永不停止的痛苦，這間民宿藏有屍體的真相，將永遠地掩埋下去……

到底……該怎麼做……

我閉上眼睛，心中五味雜陳。

九夜拍了拍我肩膀，道：「小默，你可以不做選擇。世間之事，無論是與非，必有因果循環。」

我回過頭，看到九夜對我笑了笑。

「時間不早，我們該出發了。」

離開南風時，琴子帶著小智和香香，走到大門口為我們送行。

我一邊啟動車輛，一邊從後視鏡看著他們。

兩個孩子笑得天真爛漫，追著車子跑了幾步，拚命向我們揮手道別，還依依不捨地跟阿寶許下了「以後再見」的約定。

琴子站在後面，看著弟弟妹妹，目光裡透著一股母親般的關愛，以及堅韌不拔的神色。正是這種堅韌，支撐著這個家族。

我戴上影晶石眼鏡，看到少女的死靈站在琴子身邊，儼然如同幸福的一家人，可是少女身上焦黑的皮膚，已經蔓延到了手臂。

九夜忽然說了句：「她剩下的時間，應該不多了。」

我一愣，道：「什麼意思？」

可是九夜沒有再解釋。

第五章

老葛

四月十七號，是我爸的五十大壽。

我帶著九夜和阿寶，一起回家為他慶祝生日。

我爸有一個相交多年、感情甚篤的摯友，我不知道對方的名字，只知道他姓葛，小時候經常來我家做客，每次來都會買禮物給我，還帶我去遊樂場玩，為人非常和藹可親，我也很喜歡他。

我爸一直叫他老葛，而我叫他葛叔叔。

我爸每年過生日，葛叔叔都會來找他吃飯慶祝，不過，葛叔叔的年紀比我爸大很多，後來大概是身體狀況不佳，已經有好些年沒有來拜訪，今年也同樣的，既沒看到人，也沒有等到電話。

「老葛啊，這些年也不知道到底怎麼樣了，連個音訊都沒有。」

正當我爸嘆息著，突然來了一個素不相識的少年。

少年手裡提著一袋我爸最愛吃的紅棗糖糕，自稱是葛叔叔的兒子。

我爸聽了大吃一驚，趕緊把少年請進屋裡。

這個少年看起來年紀不大，不過言談舉止非常老成，也很懂事。

他坐在沙發裡，一邊接過我遞過去的熱茶，一邊禮貌地道謝，然後說：「沈叔叔，我知道今天是您的五十大壽，所以特意前來向您祝賀。」

我爸笑著點點頭，問：「是你父親叫你來的嗎？」

「對，是我爸告訴我日期，要我在這個時間來訪，紅棗糖糕也是我爸說那是您最愛吃的糕點，特意叮囑我一定要帶來。」

「真是個乖孩子。」

我爸摸了摸少年的頭，停頓了幾秒，問：「你父親還好嗎？他怎麼沒有來？我們已經好幾年沒見面了……」

少年沉默了片刻，道：「我爸他……已經過世了。」

「什麼？老葛過世了？」

我爸驀地一愣，問：「是什麼時候的事情？」

「去年冬天。」少年回答。

我爸聽了，一個人呆坐在那裡，沉默了許久。

我很少見到他流露出那麼悲傷的神色。

少年安慰道：「沈叔叔，您不要太難過，以後我會常常來看您的。」

「嗯，好孩子。」我爸勉強笑了笑。

而接下來的吃飯期間，我爸的心情始終有點低落。

吃完飯後，少年臨走前，我爸問他老葛的墓在哪裡，他想去祭拜一下。可是少年說，老葛的屍骨埋葬在老家，在故鄉安置了墳墓。

老葛不是本地人，他的故鄉很遙遠，我曾經聽說過一次，好像是在X市邊緣的小村落，現代化的交通工具沒辦法直達，並且需要走上一段山路。

而這些年來，我爸膝關節的風濕越來越嚴重，根本沒有辦法爬山。

看到他一臉憂傷的樣子，我忍不住說：「爸，不如我代替你去吧。」

我爸一愣，抬起頭看我。

我說：「葛叔叔以前那麼疼我，現在我去他墓前上柱香，也是應該的。」

於是，這件事就這麼定下來了。

原本我想請少年給我地址，我自己去，可是少年表示那個地方很難找，他可以帶路，而且村裡人非常排斥外人，有他在會好很多。他都這麼說了，我也不好再推辭。

不過意外的是，出發當天，九夜突然主動說要和我們一起去。

「呃，你去幹什麼？」我疑惑地看他。

九夜微微一笑，意味深長地說：「去搜集故事。」

葛叔叔的兒子叫葛文華。

現在再仔細看看，他確實和葛叔叔長得十分相似，尤其是眉宇間的神態和表情。

到X市的火車需要坐好幾個鐘頭，我和九夜並肩而坐，葛文華坐在我們對面。他雖然年紀小，但是性格沉穩，也不太愛說話，一直若有所思地看著窗外。

「你餓嗎？我帶了火腿三明治。」

我遞了一份三明治過去。

「謝謝。」葛文華伸手來接，襯衫的袖子有點短，露出了一小截手臂。

我看到他前臂靠內側的地方有一顆黑痣，忍不住驚訝道：「咦，你手上也有一顆痣啊？我之前看過葛叔叔也有，果然是父子，連痣都長在同一個地方！」

葛文華聞言一愣，但是沒吭聲，只是對我笑了笑。

聊天聊不起來，我只能從背包裡拿出另一份三明治，默默拆開包裝開始吃東西。

九夜湊過來，說：「我也要火腿三明治。」

我用下巴指了指背包，說：「裡面還有，自己拿。」

「不要，我就要你手裡的這個。」

「為什麼，不是一樣的嗎？」

「不一樣，你手裡這個已經拆好包裝紙了。」

「靠，你是三歲小孩子？連包裝紙都不會拆？」

我沒好氣地瞪他一眼，把自己的三明治往他手裡一塞。

九夜心滿意足地對我露出了一個善良又無辜的微笑。

葛文華噗嗤一聲笑了出來。

「你們感情很要好吧？」

也沒等我回答，他自顧自地說道：「老葛和你爸的感情，也很好。」

老葛？哪有兒子這樣叫自己爸爸的？

雖然這個稱呼聽起來有點彆扭，不過我也沒太在意。

火車到了X市，我們下車轉搭長途巴士，巴士下來又走了一段山路，終於在傍晚時分抵達了那個人口不多、略顯冷清的小村落。

村內幾乎看不到年輕人，田野裡、道路上、家門口，全都是上了年紀的老人三五成群地聊天，人口老化的狀況十分嚴重。不過，這裡地理位置好，依山傍水，沒有現代化的工廠和機械，天很藍，水很清，空氣也新鮮，確實是個養老的好地方。

葛文華告訴我們，村裡有個祖上流傳下來的規矩，無論年輕時去了什麼地方、做了什麼事情，無論在外面的世界取得多大的成就、有多漂亮的房子，等到年老了，一定要回到這裡，在這裡走完剩下的人生，將屍骨埋葬在故土。這叫做「落葉歸根」，是一種情懷。

從一個少年嘴裡感慨萬千地說出「情懷」兩個字，讓我有點想笑，因為和他的年紀不搭，也不知道是從誰那裡聽來的詞。

「原來如此，所以現在村裡才會全都是老人？」我問。

葛文華點點頭，說：「沒錯，這些老人，都是從幾年前開始陸陸續續從外面回來的，準備在這裡安度晚年。」

九夜問：「那麼你的父親呢？也是過世之前就回來了嗎？」

葛文華愣了一下，說：「對，我父親也是好幾年前就回來了。」

我恍然道：「啊，難怪那麼多年沒有見到葛叔叔，原來是回老家了啊。」

「我父親回來之後一直很掛念你們，只是身體不好，沒辦法再長途跋涉地去城裡了。沒有和你父親見上最後一面，真是遺憾。」

少年說著，眉宇間流露出一種惋惜而又惆悵的表情，喃喃道：「老葛和你父親認識二十多年，他們第一次見面的時候，你都還沒出生呢。那時你父親喜歡爬山，老葛和他一起爬過好多名山，他們還約定有朝一日要去爬喜馬拉雅山，只可惜，這個願望無法完成了……」

淡淡的敘述，淡淡的口吻，字裡行間卻又飽含著無限的喟嘆與感慨。

我感覺有點違和，疑惑地問：「這些事情，是你父親告訴你的？」

葛文華一下子回過神來，趕緊說：「對，是父親告訴我的。」

他指著村後的一座小山，道：「現在就帶你們去看我父親吧。」

村後的那座山，其實就是一片墓地，放眼望去，漫山遍野全都是灰色石碑。

葛家的墓碑建在半山腰，我到葛叔叔的墓前悼念時，看到石碑上寫了好多個人的名字，從上往下分別是——

葛文遠、葛文思、葛文銘、葛文宇、葛文揚、葛文海、葛文書、葛文宏。

足足八個人，共用一塊墓碑？

我不解地看向葛文華。

葛文華指著石碑上最後一個名字，說：「這是我父親。」

我看了一眼，葛文宏。這是我第一次知道葛叔叔的全名。

九夜忽然問：「葛文書是誰？」

葛文華道：「是我爺爺。」

「那葛文海？」

「是我曾祖父，再上面的葛文揚是我高祖父，也就是爺爺的爺爺。」

「真是奇怪，你們人類取名字，不是通常兄弟才會用同個字輩嗎？」

「你們人類？」葛文華回眸看向九夜。

我趕緊道：「咳咳，他的意思是，以傳統來說，大部分的人都是這樣取名字的。」

葛文華沉默片刻，說：「這種取名字的方式，是我們村裡的習俗。」

九夜環視周圍的墓碑，又問：「那麼，將許多個人合葬在一起，也是你們村裡的習俗嗎？」

「對，沒錯。」葛文華點點頭，道，「等我死了之後，名字也會刻在這塊石碑上。」

「原來如此。」

九夜笑了笑，沒有再說什麼。

我從背包裡取出事先準備好的祭奠物品，為葛叔叔上了柱香，又從保溫壺裡倒了一杯桂花米酒出來，小心翼翼地放在墓前，道：「葛叔叔，這是我爸親手釀的桂花米酒。他說，上一次你來的時候想喝，可惜那時候米酒還沒有發酵成熟，所以他特意囑咐我，一定要帶來給你嘗一嘗。

「這包芝麻糖餅，是我買給你的。小時候，每次你來，都會帶芝麻糖餅給我，那時候賣糖餅的店鋪很少，要排很長的隊才能買到，但是你知道我喜歡吃，所以無論如何都會買給我……在兒時的回憶裡，除了父母之外，你是最最疼我的人了……

「還有八歲那年生日，你帶我去新開的遊樂場玩，帶我一起坐雲霄飛車，帶我一起騎馬。你還說，等我長大了，會帶我一起去爬山……」

往事歷歷在目，恍如昨日，可是一轉眼，葛叔叔已經不在了。說著說著，我鼻子一酸，忍不住掉下淚來。

這時，一隻溫暖的手掌揉了揉我的頭髮。

這似曾相識的感覺非常親切，就好像當年心情低落的時候，葛叔叔也經常會這樣安慰我。

我抬起頭，看到的是葛文華。

「不要太難過了，我父親一定會明白你的心意。」

我點了點頭，努力克制著悲傷的情緒，抹掉淚水。

祭拜完畢，葛文華帶著我們下山，一路上，九夜始終沒有說話。

「阿夜，你怎麼了？從剛才開始就怪怪的。」

九夜回頭看了看身後的墓地，道：「確實感覺有點奇怪。」

我剛想追問哪裡奇怪，忽然迎面走來兩個打扮時尚的年輕男女，看起來像是對年輕夫婦。

這個村子很少見到年輕人，而這兩人一看就是剛從城市來的，我情不自禁地多看了他們幾眼。

穿著時髦的少婦挽著丈夫的手臂，帶著滿面喜氣洋洋的笑容。

田埂邊站著一名白髮蒼蒼的老人。

老人招呼道：「小徐啊，你們這次回來，是來接孩子的吧？」

「對啊，來接孩子。」少婦點點頭。

老人又道：「怎麼樣，快生了吧？」

少婦興奮地回答：「剛才去看過了，快的話，今晚就能生了！」

「那真是太好了，恭喜啊！」老人嘆道，「不過老徐走了，我可就寂寞囉！」

「沒關係，王伯，以後你們還是可以繼續一起打麻將嘛！」

「可不是嘛，老徐這傢伙，還欠我五百塊呢。」

「咦，還有這回事？哈哈，王伯放心，老徐不會忘的。」

兩個人興致勃勃地聊著，這前言不搭後語的對話卻是聽得我一頭霧水，完全不明白他們到底在說什麼。

晚上七點，天色全黑了下來，葛文華與我們在村口道了別。他說想在村裡住幾天再走，因為還有葛叔叔的遺物需要整理。而我由於截稿期在即，決定和九夜乘坐當晚的午夜火車趕回去。

「真是對不起，因為我的關係，害得你也要通宵坐火車。」

在長途巴士站旁邊的一間小麵館裡，我將一碗熱氣騰騰的牛肉麵遞給九夜。

九夜微笑著搖搖頭，說：「其實睡眠對我來說可有可無，我不會因為缺少睡眠而感到疲憊。」

「那你為什麼還要每天晚上睡覺？」

「日出而作，日落而息，按照你們人類的方式生活，能夠讓我更加像個普通人，這樣可以讓你安心一點。」

我呆了一下，隨即搖頭道：「阿夜，和你在一起我一直很安心，從來沒有害怕過什麼，所以，你只要按照你喜歡的方式生活就可以了。我說過，無論你是誰，我都不在乎。」

九夜沉默了好一會兒，溫柔地笑了笑，看著我說：「在人世間活了那麼久，能夠認識你，是最值得慶幸的一件事。」

「欸，是、是嗎……」我被他說得不好意思，紅著臉撓了撓頭，轉移話題道，「對了，剛才你說感覺有點奇怪，是哪裡奇怪？」

九夜沒有直接回答，而是拿了個東西放到桌上。

那是個橢圓形的物體，乍看像堅硬的石頭，又沒有石頭那種鈍重粗糙的質感。

它的表面非常光滑，大約有半個雞蛋大小，呈現出微微的紅褐色，看起來有點像是吃剩下的果核。

「這是什麼東西？」我問。

九夜道：「是我剛才在後山墓地裡撿到的。」

「墓地裡撿到的？難道是墓碑的碎塊？」

我拿起石頭翻過來一看，發現它的背面，居然拖著一條長長的、柔軟的「小尾巴」。

再仔細一瞧，這條尾巴有點像是血管，但又比血管粗很多。

「怎麼回事……這是什麼……」

我低著頭研究。

九夜說：「臍帶。」

「什麼？臍、臍帶？」

我大吃一驚，瞪著這塊帶「尾巴」的石頭。

為什麼石頭會長臍帶？這到底是什麼鬼東西？

九夜不動聲色地勾了勾嘴角，用一種非常具有誘惑力的語氣，問：「怎麼樣，想不想知道真相？」

「真相？是這塊石頭的真相嗎？」

我頓時兩眼放光，好奇心完全被勾了起來，毫不猶豫地點頭道：「想！」

從麵館裡走出來的時候，是晚上八點半，剛好看到最後一輛往火車站方向的末班巴士從眼前開走。

「你不是說急著回去趕稿嗎？」九夜揶揄我。

我瞪了他一眼，道：「還不是因為你用那塊奇怪的石頭釣我胃口！」

「你也可以選擇視而不見啊，我又沒有逼你。」

這傢伙聳了聳肩，揚起招牌式的無辜笑容。

我沒好氣地睨著他，忿忿道：「拜託，好奇心是人類的天性好嗎！」

「哦，天性？」九夜微微笑著，意味深長地說，「不過，你要做好接受這個真相的心理準備。」

我轉頭看他，可是九夜沒有再給我任何解釋。

「阿夜，你打算怎麼去找真相？」

「我帶你去看一樣東西。」

「什麼東西？」我疑惑地皺了皺眉。

九夜故意賣關子，沒有回答，只是說：「到了你就知道了。」

我不甘心地喊了一聲，不過還是乖乖跟在他身後，往村子的方向走了回去。

今晚的夜風有點涼，沒有星光，但是月色還算不錯。

這個嚴重人口老化的小村子沒有什麼夜生活，天色一黑，所有人都回家裡休息了，路上一個人都看不到。

沒有路燈，我拿著手機充當照明，漆黑的夜色裡，只有前方一小圈微弱的燈光忽明忽暗。

漸漸地，腳下的路越走越泥濘，鞋子靠近底部的地方完全被濡濕了。

怎麼回事，又沒有下過雨？為什麼地上這麼濕？

九夜低頭看著濕漉漉的泥土，說：「應該就在這附近。」

「什麼東西在這附近？」

我剛要往前跨出一步，冷不防地撞上了九夜的後背。

「你怎麼突然停住了？」我摸了摸額頭。

九夜用下巴指了指前面，道：「你看。」

順著他指的方向，有一座普普通通的小土丘，土丘上矗立著一棵普普通通的大樹。由於光線昏暗，我看不清楚那是什麼樹，除了樹冠大得離譜，寬闊的枝葉遮天蔽月，並沒有什麼特別的地方。

「你說要帶我看的東西，就是這棵樹？」

我啞然失笑，走到那棵枝繁葉茂的大樹底下。

皎潔的月光透過淡薄的雲層鋪灑下來，將四周照耀得清亮通透。

我抬著頭，看著看著，發現在大樹茂密的枝葉間，掛著一顆顆圓溜溜的果實。

果實有大有小，小的如同蜜柑，而最大的果實，直徑居然超過西瓜，沉甸甸地掛在那裡，幾乎壓彎了枝條。

「咦，原來是棵果樹啊！」

我一邊說，一邊好奇地撫摸那顆最大的果實。

也不知道這是什麼果實，果皮很薄，觸感很有彈性。

九夜走了過來，瞇起眼睛，如同欣賞一件藝術品，仔細看著這顆碩大而飽滿的果實，自言自語道：「原來是長這樣啊，我也是頭一次看見……」

我疑惑地問：「阿夜，這到底是什麼果實？好像從來沒有——」

話說到一半，我如同觸電一般，猛地將手縮了回來。

什、什麼東西？剛才好像有什麼東西碰了我一下！

是從那顆巨大的果實裡面！

我驚恐地瞪著眼前的果實。

而這時，果實又動了一下。隔著那層好像氣球一樣富有彈性的果皮，我清晰地看到有東西從裡面用力頂了出來。

看那東西的輪廓，分明是一隻小小的腳掌！

天啊，難道是我眼花了嗎？為什麼果實裡會有腳掌？

我大吃一驚，目瞪口呆地愣在原地。

隔了幾秒，那隻小腳掌縮了回去，可是隨即，又從果實上方凸出一隻緊握的小拳頭。

小拳頭頂著果皮，不安分地敲打著，原本縮回去的腳掌也跟著一起踢打了起來，手腳同時亂蹬，彷彿在努力掙扎著破殼而出。整顆果實劇烈晃動了起來，拉扯著樹枝，幾乎搖搖欲墜。

「什、什麼情況……」

我趕緊往後退開一步。

九夜微微一笑，說：「是胎動。」

「胎動？」

我正想追問之時，身後遠遠地傳來兩個人的聲音。

「快點快點，要生了！」

「我知道啦，你別急嘛！」

「毛毯帶了嗎？」

「帶了帶了。」

「奶瓶呢？」

「也帶了。」

那兩人一邊說著，一邊往這裡走近。

我趕緊拉著九夜找了個地方躲了起來。

從灌木叢後悄悄探出頭，我看到來者就是之前在田埂邊遇到的那對男女。女人急匆匆地走在前面，男人懷裡抱著毛毯和奶瓶跟在後面。

還沒等他們走到樹下，突然嘎啦一聲脆響，那顆巨大的果實用力晃了晃，從枝頭掉了下來。

就在果實墜落泥地的一瞬間，果皮撕裂開來，一道響亮的嬰兒啼哭聲劃破了寂靜的夜空。

看著呱呱墜地的嬰兒，我簡直驚呆了。

「啊！生了生了！」

聽到哭聲，女人拿著毛毯興奮地衝了上去，將嬰兒抱起。

男人走過去看了看，說：「外面太冷，快點回家吧。」

女人點點頭，緊緊抱著懷中嬰兒，和男人一起離開了。

嬰兒的啼哭聲漸漸遠去，消失在茫茫夜色裡。

一陣冷風吹過，拂動著樹枝沙沙作響，我仍然傻在原地，剛才所看到的一切，就好像在做夢一樣。

九夜踱步到大樹下，抬起頭，道：「人生果樹，乃天地之靈根，須以冥河水灌溉，落籽千年方得長成。可是，長得如此茂盛，並且能夠結出如此完美果實的人生果樹，就連我也是第一次見到。」

「人生果樹？」我回過神來，問，「你是說，這棵樹，叫做人生果樹？」

九夜點點頭，道：「人生果樹是一種非常罕見的植物，它對生長環境的要求十分苛刻，埋下樹種之後，等待千年才會發芽，並且必須要有冥河水灌溉，汲取日月精華，再等上千年，才會開花結果。而在這千年時光裡，無論是過旱過澇，或者稍有任何病害，都會導致樹苗死亡。」

「聽起來很嬌貴的樣子……咦，還要用冥河水灌溉？」

「嗯，是的。」九夜看著地上濕潤的泥土，道，「打從進入這個村子我就發現了，這裡的地下，是冥河的流經之地，再加上充足的光照和屍體養分，有著得天獨厚的生長條件，所以這棵人生果樹才會如此茂盛。」

「唔，原來如此……」

我一邊點頭，一邊思索著九夜的話，突然間發覺好像哪裡不對勁，驚道：「等等，你剛才說什麼？屍體養分？」

九夜笑了笑，說：「不然你以為，為什麼果實裡會生出小孩子？」

說著，他攤開掌心，掌心裡是那塊長著臍帶的石頭。

而我之前看到，那個呱呱墜地的嬰兒肚臍上，也有一塊一模一樣的石頭！

瞬間，有個奇妙的想法閃過腦際。

「莫非，這是人生果的果核？」

「沒錯。」九夜看著那顆色澤暗沉的石頭，道，「每一個從人生果裡生出來的孩子，身上都帶有一顆果核，果核連著臍帶，臍帶可以從母體，也就是從這棵大樹上，汲取所需的營養。」

話音落下，他看了看我，又道：「現在，你明白為什麼這個村子裡的人，都要在年老時回到這裡，將屍骨埋於故土了吧？」

「是因為……要把屍體埋在這棵人生果樹下？」

「沒錯。屍體埋於樹下，化為養分，結出人生果。一屍一果，生命輪迴。死者重歸於母體，可以再次獲得新生。」

一屍一果，生命輪迴……

死者重歸於母體，可以……再次獲得新生……

我逐字逐句地品味著這些話，望向樹上一顆顆圓溜溜的果實，情不自禁地聯想到了後山的墓碑，想到了墓碑上一個個的名字……

我似乎領悟了過來。

可是又感覺有點恍惚，因為有些事實的真相，一時間令人無法接受。

九夜回過頭，也不知道是在對誰說話，悠悠地問：「我沒有講錯吧？」

我警覺地回過頭，隨即看到一個熟悉的身影，自蒼茫夜色中慢慢走向我們。

我沉默了許久，開口問道：「我應該叫你葛文華，還是應該叫你葛叔叔？又或者，是那塊墓碑上的任何一個名字？」

朦朧月光下，少年距離我五步之遙，平靜的面容中帶著些許惆悵與無奈。

他輕聲嘆了口氣，用一種我非常熟悉的語調，喚了一聲。

「小默。」

我咬著嘴唇，沒有吭聲。

「小默，不要告訴你父親，好嗎？就當老葛已經死了。我不想嚇到他，更不希望他把我當作怪物……我寧願……寧願讓曾經那些美好的往事成為回憶，永遠留在你父親心中……」

話音落下，我沉默了很長時間，最終，還是點了點頭。

少年看著我，似乎想要說點什麼，然而千言萬語最終只化為一聲長長的嘆息，一個人默默地離開了。

也不知道為什麼，看著那個在夜色中漸漸走遠的孤單背影，我快步追了上去，忍不住大喊一聲：「葛叔叔！」

少年愣了一下，回過頭。

我深吸口氣，大聲道：「你說過，等我長大會帶我一起去爬山！這個約定，現在還算數嗎？」

少年訝異地張著嘴，許久，他露出一抹我所熟悉的親切笑容，點了點頭。

關於這棵人生果樹，九夜告訴我，它並不會永遠生長在那裡。

人生果樹必須要有冥河水灌溉，而冥河，是一條隨時會改變流向的地下暗河。

哪天這片土壤之下的冥河水消失了，那麼這棵人生果樹也會隨之枯亡。一旦人生果樹枯亡，所有從果實裡誕生的人類，也會跟著消逝。

我不知道這一天會幾時到來。

九夜說，也許是千百年後，也許是十幾、二十年後，也許……就在明天。

「阿夜，這件事，你從一開始就知道了，對嗎？」

九夜點點頭，道：「因為那個少年身上有味道。」

「味道？」我疑惑地皺眉，「什麼味道？」

他笑了笑，說：「無論重生多少次，都無法掩蓋的死人味道。」

第六章

魘・上

今宵異譚

清晨五點十五分，天還沒有完全亮，混沌不明的夜空剛剛透出一點矇矓的晨曦，預示著新一天的到來。

我和九夜坐上了從X市回家的首班列車。

因為老葛的事情，昨晚幾乎一夜未眠。我們在火車站旁邊找了間二十四小時營業的居酒屋，一邊喝著小酒一邊講故事，等到清晨便直接上了車。

高速列車平穩地飛馳在廣袤的田野間，大概因為時間太早，車廂裡的乘客並不多，大家都面帶著尚未睡醒的倦容。在一片暖氣充足而又靜謐的舒適氣氛中，我打著哈欠，整個人昏昏沉沉的，感覺越來越疲憊。

九夜坐在我旁邊，開著一盞小小的車頂燈，正在看書。

確切來說，那是一卷竹簡。

也不知道究竟是哪個朝代的東西，竹片都已經暗沉得發黑，上面刀刻的字跡更是模糊到無法辨認，九夜仍舊看得津津有味。

「那上面寫了什麼？」

我一邊哈欠連連，一邊好奇地探過頭。

九夜沒有回答，只是問：「累嗎？」

「嗯，好睏。」我揉著眼睛點點頭。

九夜笑了笑，放下竹簡，往我這邊移了過來，然後脫下外套披在我的肩頭，溫柔地說：「距離到站還有很長一段時間，靠在我身上睡吧。」

我睏得睜不開眼睛，用鼻音含含糊糊地應了一聲，便側頭枕著九夜的肩膀，聽著彷彿催眠曲一樣的鐵軌震動聲響，沉沉睡了過去。

這一覺也不知道睡了多久，當我中途迷迷糊糊醒過來時，好像……依稀看到列車走道有一個人。

對方穿著一身黑色風衣，頭戴黑色禮帽，寬闊的帽檐和風衣豎起的領子將面容遮住了，連是男是女、是老是少都無從辨別。

我不禁瞇起眼睛，多瞧了他一會兒。

此人身形十分高大，在狹窄的列車通道裡簡直如同一堵黑壓壓的高牆。不知道是不是錯覺，當走到我跟前時，他似乎看了我一眼，隨後在我們對面的空位坐了下來。

奇怪，這輛是直達車，中間沒有停靠站，這個人為什麼會在這個時候出現？他是從哪裡來的？又或者，他之前一直坐在別的座位上？

那麼現在這個座位，到底是不是他的？

我還沒有睡飽，實在懶得思考這種無關緊要的事，只是半睜著眼皮睏倦地看著對面的人。

和我歪歪斜斜的懶散模樣比起來，那人的坐姿異常端正，簡直就像是等待長官檢閱的士兵一樣，背脊挺直，雙腿併攏，微微頷首，而戴著一副黑色皮手套的掌心裡，還恭恭敬敬地捧著一只正方形的盒子。

盒子大約十公分長寬，和他的穿著一樣，也是純黑的，彷彿一團濃墨，根本看不出來是什麼材質，既沒有蓋子也沒有把手，十分奇特。

我瞧了半天，也研究不出那個方盒到底是做什麼用的。

雖然對眼前的黑衣人充滿好奇心，我最終仍被睡神打敗了。

我靠在九夜身上，意識迷濛地打了個哈欠。

恍惚間，似乎聽到他說：「小默，把手給我。」

嗯？什麼？我不明所以地揉了揉眼睛。

九夜握起我的左手，用手指在我掌心劃了幾筆。我收回手掌看了看，掌心裡什麼都沒有。

他笑著摸了摸我頭髮，溫和地說：「沒事，繼續睡吧。」

於是，我再次迷迷糊糊地睡了過去。

早上七點。這次醒來，我發現坐在對面的黑衣人已經不見了。

那個人也太奇怪了，列車都還沒到站，他又去了哪裡？難道是又換座位了？可是為什麼要這樣不停地換座位？

我滿腹疑惑地轉頭看了看四周，並沒有看到那個人的身影。

也許是去了別的車廂吧，真是個怪人啊！

「小默，睡醒了？」

九夜看著我，手裡仍然捧著那卷竹簡。

「嗯，精神好多了。」

我小幅度地伸了個懶腰，說：「我去前面買點早飯，你想吃什麼？」

九夜微笑著，道：「你吃什麼我就吃什麼。」

「嘖，你啊，怎麼像個孩子一樣！」

我好笑地搖搖頭。

列車的第一節車廂是餐飲室，有賣食物和飲料，和一些零食。可是，當我穿過一節節車廂，走到餐飲室時，卻發現裡面一個人都沒有。

甚至連服務生都沒看見，只有一籠一籠熱氣騰騰的包子和點心擺在桌上。

「請問有人嗎？我想買早餐。」

我喊了幾聲，沒有任何人回應。

我拿著錢包站在原地等服務生來，而就在這時，頭頂上方傳來咚一聲巨響，高速行駛中的列車猛地晃動了一下。

我一個趔趄，差點摔倒，好在立刻扶住窗框，攀著窗口往外看了看。

然而，此時此刻，列車右側是高聳的山脈，而另一側，竟然是深不見底的懸崖！怎麼回事，為什麼會有這樣危險崎嶇的路段？來的時候我完全不記得列車有經過盤山鐵軌啊！

比起這個記憶中不存在的路段，更讓人驚恐的是，巨大石塊不斷從陡峭的山體滾落，砸在前方鐵軌上，幾乎將鐵軌砸得面目全非，根本無法通行。

不好！這是……是山體滑坡啊！前方的山體要崩塌了！

我嚇得陡然一震，也顧不得買早飯了，立刻拔腿衝向列車駕駛室。

「停下來！停下來！前面要山崩了！快停車啊！」

我一邊喊，一邊狂奔到駕駛室。

可是隔著駕駛室的透明玻璃門，我看到了一個非常眼熟的傢伙坐在列車長的位置上。

是之前坐在我對面的奇怪黑衣人！

為什麼他會出現這裡，原來的列車長呢？列車長在哪裡？

別說列車長，甚至就連一個乘務員都沒有見到！

我嚇出了一身冷汗，眼下沒有其他辦法，只能拚命敲打反鎖住的駕駛室門。

「停車！快停車！前面發生山崩了，快停下來！」

黑衣人並沒有理我，好像什麼都沒聽到似地，連頭都沒有回一下。

「喂！聽到沒有！快停車啊！」

我用力拍打車門，然而徒勞無功。

列車的時速快得驚人，一眨眼的工夫，已經飛馳到山石滾落的路段，眼看著就要筆直撞上石堆……

「不！不要！不要再往前了！停、停下來！快停——」

我驚慌失措地大吼，幾乎不敢再往前看。

轟隆！

剎那間，整節車廂劇烈搖晃，我一個不穩摔倒在地，只感覺天旋地轉，身體不受控制地沿著地板一路往下滑，最後撞上破碎的車窗，整個人飛了出去！

連驚叫都來不及發出，我重重摔在一處懸崖峭壁間，從喉嚨深處嗆出一口腥血，四肢百骸痛到無法動彈，好像全身的骨頭都碎了一樣，只能無助地倒在幾十米遠的地方，眼睜睜地看著仍在前行的列車撞上石塊，繼而脫離軌道，最後被掩埋在不斷崩塌的石堆裡。

阿、阿夜……阿夜還在車裡……

不……不要……阿夜！阿夜！

我張了張嘴，可是一個字都喊不出來。在這突如其來的悲慟與絕望之中，淚水順著臉龐一顆顆滑落。

轟！

面目全非的列車發出巨響，燃起了熊熊火光，滾滾濃煙直沖天際。

不知道為什麼，明明已經到了天亮時分，太陽卻遲遲沒有升起。目光所及之處，蒼穹仍舊晦暗不明，沒有絲毫曙光。

為什麼……為什麼會發生這樣的事情……

我鮮血淋漓地躺在一片碎石間，費力地喘息著。

渾身的痛楚令我無力支撐，眼前的世界漸漸暗淡，我感覺自己的呼吸變得微弱，意志力也開始渙散。

然而，就在即將完全失去意識之際，耳邊響起一個熟悉的聲音。

那個聲音一遍又一遍地喚著我的名字。

小默，醒醒……

小默，小默，醒一醒……

誰？是誰在叫我？

我在一片混沌與黑暗中掙扎，努力保持清醒，努力睜開雙眼。

小默！小默！不要睡！

小默，快醒醒！小默！

啊，我想起來了，這個聲音是……

「阿夜！」

我大叫一聲，豁然睜開雙眼。

躍入眼簾的第一個畫面，便是那張再熟悉不過的俊美臉龐，正帶著我所喜歡的親切笑容，看著我，搖頭嘆道：「你啊，居然睡得那麼熟，叫都叫不醒。」

欸？什、什麼？

我頭腦一片空白，茫然看了看四周，卻吃驚地發現自己仍舊在車廂，好好地坐在座位上。既沒有山崩，也沒有爆炸，我也沒有受傷，就好像什麼事都沒發生過！

這到底……是什麼狀況……

我恍恍惚惚地瞪著眼睛，難以置信地看向窗外，發覺列車已經安全到站，而其他乘客正在整理行囊，陸續離開。

怎麼回事……難道之前發生的一切，只是一場噩夢？

我心有餘悸地呆坐著，額頭冷汗涔涔。

「小默，怎麼了？」九夜摸了摸我的頭髮。

我疲憊不堪地搖搖頭，隨後伸出雙臂，緊緊抱住九夜。

「怎麼了？做噩夢了嗎？」

九夜笑著摟住我，輕輕撫摸我的後背。

靠在他溫暖的懷抱裡，過了許久，我終於平靜了下來。

我不知道自己為什麼會做這麼驚心動魄的噩夢，也不知道這場噩夢究竟意味著、又或者預示著什麼，但是，從噩夢醒來之後，我發現除了九夜之外，我再也看不清楚其他人的臉。

我可以清清楚楚地看到一個人，看到他的穿著打扮，看到他的頭髮，看到他的手和腳，看到他的任何一舉一動，也能夠清晰地聽到對方的聲音，偏偏無法看清楚他的五官。

這是一種很奇妙的感覺，好像時裝店裡那些沒有臉的人體模特兒，又或者那種黏土捏出來的小泥人，雖然有身體有四肢，但是眼睛鼻子嘴巴還沒有捏好，全都模糊地融在一起，看起來只是擁有人類的軀殼，卻沒有注入靈魂。

為什麼會變成這樣？我搞不懂。

一開始我以為是眼睛出了問題，畢竟最近在趕稿，盯著電腦螢幕太久，視力下降在所難免。

於是我去了眼鏡行，想要配一副近視眼鏡，可是檢查視力的時候，視力表上那些符號我全都看得清清楚楚，甚至連倒數第二行，我都能準確地說出來。

「這位客人，您的視力很好，根本不需要配眼鏡嘛。」

為我測量度數的女店員轉頭看著我。

從聲音聽起來，她應該是在對我微笑，可是我看不到她的臉，亦看不到她的表情，只是一張模糊的臉孔在跟我說話。

「哦，對、對不起，給妳添麻煩了……」

我尷尬地撓撓頭，離開了眼鏡行。

外面的天空是黛青色的，彷彿覆蓋著一層厚厚的陰雲。已經連續好多天沒有出太陽了，整座城市陰沉沉的，讓人的心境也無法開朗起來。

我獨自一人漫步在熙熙攘攘的大街上，看著來來去去的往路人。

有個小孩子拉著父母撒嬌，有幾個年輕人嘻嘻哈哈地笑鬧，有一對駐足在婚紗店前流連觀望的小情侶正在甜言蜜語，可是，我什麼都看不清楚。

一眼望去，整條街道全都是一張張沒有五官的臉孔，彷彿一個個提線木偶。

我越看越害怕，不禁加快腳步，往回家的方向奔跑而去。

一口氣狂奔到家附近，那個我曾經最喜歡的小公園映入眼簾。

小公園真的很小，沒有任何遊樂設施，只是簡單地擺著幾個金屬組合架、兩個小鞦韆、一個長方形的沙坑，還有一個褪了色的大象溜滑梯。

咦，小公園居然還在？不是說為了建造商場已經拆除了嗎？

我有點開心，因為這個不起眼的小公園，承載著我滿滿的童年回憶。

記憶中，從幼稚園一直到國小畢業，每天放學我都會和朋友在這個小公園玩耍，有時候玩得滿身都沙土，回家還會被媽媽訓斥。

那段時光，是最最單純、也是最最無憂無慮的……啊，好懷念啊！

沒想到時隔多年，這個小公園還在，真是太好了！

我情不自禁地露出了笑容，感慨萬分地看了看這個小公園，然後回了家。

為我開門的是媽媽，可同樣的，我也看不到父母的臉。

「小默，你回來了啊？剛好我正在做你最愛吃的栗子雞。」

儘管臉上沒有五官，媽媽的聲音依然那麼親切。

她穿著一身漂亮的棕色洋裝，裙襬上綴著蕾絲。這件洋裝，我記得是在結婚紀念日的時候，爸爸親手送給她的。

怎麼回事，媽媽今天好像心情很好？竟然穿了這條洋裝？

「小默，你看，我買了這個週末籃球聯賽的門票，你不是一直想去看嗎？」

爸爸從書房走出來，拿著兩張門票塞進我手裡，道：「這個週末是總決賽哦，也是你最喜歡的兩支球隊，怎麼樣，很驚喜吧？」

我愕然地看著手裡的籃球聯賽門票，上頭印著：天海VS華南

沒錯，我確實曾經很喜歡這兩支球隊，還因為沒有看到這他們的最終總決賽而鬱悶了很長一段時間，可是……可是這是很多年前的事情，如今這兩支球隊，也早就解散了……

我茫然地抬起頭，爸爸已經轉身走回書房。

媽媽正在廚房做晚飯。

雖然無法看清楚面容，但是我感覺，他們好像都變年輕了。

爸爸走路健步如飛，媽媽夾雜在黑髮間的白絲也不見了。

父親母親仍舊是我兒時記憶中的模樣，絲毫未改，但是、但是為什麼我總覺得

哪裡怪怪的……

玄關處響起了門鈴聲。

我打開房門一看，瞬間呆住了。

儘管看不到臉，我還是一眼就認了出來，是隔壁鄰居家的小妹妹陽陽。

「小默哥哥，我媽媽做了海鮮粥，叫我拿點來給你們嘗嘗。」

陽陽捧著滿滿一大碗香噴噴的熱粥站在門口，甜甜的童音清脆又好聽。

我驚恐地往後倒退了一步。

我明明記得……陽陽她……陽陽在五歲那年罹患了白血病，已經……已經去世了啊！我甚至還出席了她的葬禮！

怎、怎麼回事……這是怎麼回事……

我感覺到自己扶著牆壁的手在微微發抖，大腦一片混亂。

陽陽舉起手裡的碗，又說了些什麼，可是我完全聽不進去。

媽媽從廚房出來，拍了拍我的肩膀。

我回過頭，仍是那張沒有五官的臉孔。

陽陽將海鮮粥遞到我面前，我聽到了銀鈴般的笑聲，可是也看不到臉。

為什麼……為什麼會這樣……

為什麼會這樣！

我突然忍無可忍地大吼了一聲，奪門而出，一口氣狂奔到大街上。

黃昏，晝夜更迭，天色將暗未暗，耳邊風聲凌厲。我咬著牙，在摩肩接踵的人群中漫無目的地飛奔。

周圍路人一張張沒有五官的臉孔全都轉頭看我。

我一邊發足狂奔，一邊如宣洩般嘶聲大吼，直到冷不防撞進了一個人的懷裡。

那個人一把抱住我，熟悉的嗓音在耳畔響起。

「小默，怎麼了？」

九夜彎著嘴角，一如既往地笑得溫潤又好看。

到目前為止，他是唯一一個，我可以看清楚臉的人。

然而和以往不同的是，看到他的笑容，並沒有讓我覺得安心，反而自內心深處升騰起了一種恐懼感。

我也不知道這是為什麼，說不出來確切理由，但是憑著直覺，我可以肯定，眼前這個人……

我一把推開九夜，往後退了一步，問：「你是誰？」

「嗯？你說什麼？」九夜愣了一下。

我瞪著他，一字一頓道：「你不是阿夜，對嗎？」

「你在胡說八道些什麼呀，是不是最近趕稿太累了？」

我打掉他伸過來的手，深吸了口氣，緩緩道：「你一直盡力模仿九夜的笑容，模仿他的語氣，模仿他的一舉一動，但是我感覺得出來，你們不是同個人。」

「小默，你是不是誤會了什麼？我怎麼會不是——」

「你絕對不是阿夜！」

我抬高了嗓音，語氣堅定。

「九夜」不說話了，只是瞇起眼睛，若有所思地看著我。

我握著雙拳，聲色俱厲地斥道：「你究竟是什麼人？這裡又是什麼地方？我要回去！快點放我回去！」

過了好一會兒，「九夜」收起了笑容，眉宇間露出一種很不自然的表情，問：「這裡難道不好嗎？」

「哈？什麼？」

「九夜」不解地歪了下頭，疑惑道：「真是奇怪，這裡，難道不是你理想中的世界？和最喜歡的人生活在一起，父母始終沒有衰老，還是那麼年輕有活力，充滿了美好回憶的小公園還在，沒有看到心愛球隊總決賽的遺憾也得到了彌補……

「啊，對了，還有隔壁鄰居家那個因病過世的小妹妹，當時你在葬禮上哭了好久，一直說希望她能回來，現在小女孩如你所願地回來了，你怎麼反而不開心了呢？」

我愣愣地看著他，不可思議地問：「為什麼……為什麼你會知道這些事情？你究竟是什麼人？這裡到底是什麼地方？」

「九夜」沉默了片刻，說：「這裡，是你最真實的內心世界。」

「最真實的……內心世界？」

他注視著我的眼睛，語氣充滿了誘惑力。

「在這裡，你可以順遂心願地好好活下去。無論是親情、友情，還是愛情，你可以毫不費力地得到你想要的任何東西，因為這個世界，是由你的內心創造出來的，將無條件地遵從你的意願。怎麼樣，聽起來很不錯吧？」

他朝我伸出手，邀請道：「小默，來吧，就當作什麼都不知道，你可以繼續在這裡幸福美滿地生活下去，人生不會有任何遺憾。」

我再次毫不留情地打掉了他的手，厲聲斥道：「開什麼玩笑！沒有任何遺憾？幸福美滿？我才不要和一群沒有臉的人生活在這個世界！」

那個人回道：「能不能看清楚別人的臉，並不會影響你的生活。」

「可是這讓我好像活在虛幻的世界裡，就算能得到一切，又有什麼意義？這些統統都是假的！不過一場鏡花水月的空夢！」

我忍不住吼了起來：「放我回去！我要回到我自己的世界！」

「呵，空夢？假的？」

他冷笑一聲，道：「做夢的人不會知道自己在做夢，你憑什麼斷定，你自己的世界是真實的，而這裡，就是夢？」

「我……」

我一時語塞，無法回答。

「你以為你自己的世界，一定是真實的嗎？」

我咬著牙，很肯定地回答：「對，我自己的世界是真實的！」

「你所經歷的一切，沒有任何虛假的成分？」

「是！我所經歷的一切，全都真真切切，實實在在！」

「好，那我問你，你心口那道兩寸不到的傷疤，是怎麼回事？」

「什……什麼……」

聽到這個問題，我情不自禁地伸手按在心口。

沒錯，那個地方確實是有一道兩寸不到的疤痕，可是我並不記得這道疤痕，究竟是怎麼來的……

「只是一個傷疤而已，可能是不小心哪裡劃到的，忘記了也很正常。」

「哦？不小心劃到？你自己應該很清楚，從那道疤痕可以判斷，原先造成的傷口非常深，而且又在心口位置，受傷當時應該是痛到無法忍受，印象深刻才對。為什麼現在，你完全不記得有這麼一回事？」

「好了傷疤忘了痛，這根本沒什麼好奇怪的！」

我緊握著雙拳，努力辯解，可是心底深處已經隱隱動搖。

我無法反駁，因為我自己，也抱有同樣的疑惑。

就當我的內心產生動搖的瞬間，整個世界突然暗了下來。

路上來來往往的人群全都停下腳步，彷彿畫面定格了，他們保持著原有的姿勢駐足原地，隨後如同砂礫雕琢而成的塑像一般，在驟然掀起的狂風之中化為漫天沙塵，消逝得無影無蹤。

緊接著，每一棟建築、每一條馬路、每一棵樹，一個接一個從我眼前消失，直到最後，只剩下我和「九夜」兩個人，面對面佇立在一片虛無的黑暗之中……

「嘖嘖，你看，你的內心世界崩塌了。」

偽裝成九夜的傢伙得意地笑著，說：「此時此刻，你的內心是不是在掙扎？是不是連你自己，也分不清楚孰真孰假？」

「才不是！」

我心虛地咆哮。

我越是憤怒，這個人笑得越是開心，他悠悠地問道：「怎麼樣，想不想再看一看，塵封在你記憶深處，某些更為真實的東西？」

「更、更為真實的東西？什麼東西？」

話音甫落，一陣嗡嗡嗡的引擎轟鳴聲響起。

眼前亮起一片炫目的光芒，我本能地反手遮擋，閉起了眼睛。

第七章

魘・下

當我再次睜開雙眼，發現自己竟然在一架飛機上。

飛機平穩飛行，兩邊座位滿載著旅客，而我明明站在機艙的走道上，可是好像誰都看不見我。

為什麼我會在飛機上？這是怎麼回事？

穿著制服戴著絲巾的空姐從對面走過來，面帶微笑，手裡拿著一疊報紙向乘客派發。我側身避讓，可是空姐毫無知覺地穿過了我的身體。

我愣了一下，緊接著發現，空姐手中報紙印著的日期，竟然……竟然是二十年前！

難道說，此時此刻，我正在一架二十年前的客機上？

我驚愕不已地環顧四周，看著看著，看到了一個絡腮鬍的中年男人。

這個中年男人之所以會引起我的注意，是因為我看到他接下報紙的時候，不小心從口袋裡掉出一本小冊子。小冊子的封面印著一枚非常眼熟的金色盾形徽章，徽章的圖騰是一柄帶有羽翼的利劍與纏繞的雙蛇。

如果我沒有記錯，這個標誌代表的是……獵妖師協會！

這個絡腮鬍男人，是個獵妖師？

我目不轉睛地看著他，而他也一直目不轉睛地盯著斜前方的另一個人。

順著他的視線，我看到了一個大約三、四歲的小男孩。

男孩穿著白色毛衣，乖巧地坐在座位上，嘴裡咬著一支棒棒糖，手裡拿著一架飛機模型。

一對年輕父母坐在男孩身邊，一邊翻閱報紙一邊交談。

小男孩飛機模型玩到一半，彷彿感應到了背後有一雙眼睛一直在盯著自己，忽然轉過頭，意味深長地看了絡腮鬍大叔一眼。

而就在男孩回過頭的瞬間，我不禁呆住了。

因為……因為這張幼小稚嫩的臉孔，我實在再熟悉不過！

可是熟悉的，僅僅只是那張臉孔上的五官，從男孩漆黑眼眸裡透出來的神色，又讓我感覺非常非常陌生。

男孩的眼神很冷酷，冷酷中泛著某種詭譎不明的銳利光芒，讓人看得心頭一驚，完全不像這個年齡的孩子會流露出來的神情。

可是絡腮鬍大叔好像並不意外，仍舊與男孩四目相對。

他們兩個人對峙的視線迸發出一股濃濃的火藥味，好像有什麼極其危險的事情，隨時一觸即發。

我手心裡捏著一把冷汗，一動不動地佇立在原地，一直看著他們兩個。

過了一會兒，男孩解開安全帶，對旁邊的母親說了些什麼。

年輕的母親笑著點了點頭。

於是，男孩站了起來，慢慢走向機艙尾部的洗手間。

與此同時，絡腮鬍大叔也站了起來，帶著視死如歸的凝重神情，快步跟在男孩身後，同時從手心裡甩出一枚紙片。

我定睛一看，發現那是一張符咒！

男孩回眸看了他一眼，薄薄的唇角一挑，露出一絲嘲諷的笑，伸手打開了洗手間的拉門。

就在拉門開啟的瞬間，絡腮鬍大叔一個箭步衝了上去，一把按住男孩肩膀，兩人同時摔進了洗手間裡。

周圍目睹這一幕的乘客發出驚叫，一名空姐快步趕了過去。

我也是正想過去看個究竟，可是洗手間內閃現出一道刺眼光芒，緊接著，一道變兩道、三道、四道……

千絲萬縷的光芒彙聚成一片熾烈的強光。

當客機上所有毫不知情的乘客都還在翻閱報紙，或輕聲交談，或靠著閉目養神時，轟的一聲巨響在耳邊炸開。

整架飛機，爆炸了！

震耳欲聾的爆炸聲刺進耳膜，我痛得捂住耳朵，緊緊閉起眼睛。可是，此起彼伏的尖叫，還是一聲聲全都灌進了我的耳朵裡。

不過，只是非常短暫的一剎那。

隨後，一切都安靜了下來。

過了一段時間，在靜到死寂的氣氛裡，我似乎聽到了……

嘩啦……嘩啦……嘩啦……

隱隱約約的……海浪聲？

冰涼的微風貼著皮膚，輕輕滑過我的臉頰。

我睜開雙眼，放下了捂住耳朵的雙手，出現在眼前的，是一片廣闊而又寂靜的沙灘。

沙灘之所以如此寂靜，並不是因為沒有人。

而是因為……所有人都死了……

溫暖的陽光從遙遠的天邊照耀下來，乾淨的雲朵映襯著潔白的浪花，一遍又一遍地拍打著岸邊的金色砂礫。而我，卻渾身僵硬得如同石像一般，駭然呆立在陽光下，呆立在……一片死屍堆裡……

不遠處的飛機殘骸仍在熊熊燃燒，通紅的火舌帶著黑色濃煙直沖天際。放眼望去，滿地都是殘肢斷臂，有滾落的頭顱，有截斷的身體，或者已經燒焦，或者血流如注。冰冷的海風中，充斥著濃重的血腥味。

當我終於回過神來，便開始止不住地發抖。

慢慢地，慢慢地，往前一點一點挪動著腳步。

在靠近海岸線的地方，我看到了那個絡腮鬍大叔。

他的屍體被燒成了炭黑色，如同一截燒焦的枯木，根本無從辨認，但是在屍體的口袋位置，我看到了一枚焦黑的盾形金屬徽章。

徽章上的圖騰已經模糊不清，不過我知道，這是獵妖師的徽章。

所以，這個大叔失敗了嗎？

還是說，他和那個男孩同歸於盡了？

但是、但是……這根本不可能……絕對不可能！因為那個男孩……是、是……是我自己啊！

可是為什麼，我完全不記得發生過這樣的事情？

我有點暈眩，戰戰兢兢地看了看四周，隨後從一堆鮮血橫流的屍首間，看到了一個小小的男孩，慢慢從地上爬起來。

雖然臉頰弄髒了，雖然衣服染了血，但是，男孩竟然毫髮無傷地存活了下來。

就好像和先前的他是截然不同的兩個人似地，男孩先是一臉迷茫地望向遍地的屍體，整個人傻了好一會兒，才徹底清醒，嚇得一屁股跌坐在地。

「哇！」

男孩失聲慟哭，一邊哭，一邊在地上爬著尋找父母。可是大部分屍體都已經燒焦，根本無法辨認。

「媽媽！媽媽！妳在哪裡……媽媽！」

他哭著哭著，背後突然響起了一個聲音。

「小默。」

男孩滿含著淚水回過頭，看到了一個修長的身影，正從不遠處慢慢走來。

那是個長得很好看的男人，帶著溫柔如水的笑容，穿一身墨色立領旗袍，旗袍上繡著一條齜牙咧嘴的紅龍。

而就在看清這個人的容貌時，我完全呆住了。

竟然……是九夜！

為什麼、為什麼會是九夜？

我目瞪口呆地看著他踏過遍地鮮血，走向男孩。

男孩流著淚，害怕地往後退縮。

「小默，別怕。」

九夜彎起唇角，是他那種慣有的、治癒又讓人安心的溫柔笑容。他向男孩伸出手，問：「願意跟我走嗎？」

男孩愣愣地看著他，慢慢地放下了戒備，向對方伸出了手。

九夜微笑著，握住男孩的小手。

「小默，忘掉這一切。我帶你離開這裡，你會開始一段嶄新的人生。不用害怕，我會一直陪著你，好好活下去吧。」

九夜抱起男孩，輕聲低語著。

在明媚陽光的照耀之下，他迎著充斥腥味的海風，踏過滿地死屍，一步一步走遠。

浩渺天地間，只剩下我一個人愣愣地佇立原地，頭腦已然一片混亂，根本分辨不清楚這到底是怎麼回事。

這難道……是我的記憶？

不、不可能……我完全不記得……

可是……可是那個男孩，分明就是我啊！嗚……該死，頭又開始痛了……

頭好痛……好痛！

不知道為什麼，突然間頭痛欲裂，就好像有什麼東西在拚命掙扎，想要從塵封的記憶深處破殼而出，卻又被某種力量牢牢扼制住。

那兩股力量在互相抗衡、互相拉扯。

「啊啊啊啊啊啊啊！」

我崩潰地跪倒下來，聲嘶力竭地大叫。

不知過了多久，痛苦終於漸漸止歇，我冷汗淋漓，大口大口地喘息著。

我又回到了之前的黑暗當中，而那個偽裝成九夜的傢伙，仍舊站在對面。

「怎麼，這些事情，難道你全都忘記了嗎？」

他微微笑著，笑得和九夜一模一樣，卻讓我感覺毛骨悚然。

「你、你是說，剛才看到的一切，全都是……我的記憶？」

我有點站不穩地往後退了一步。

「對，那是你忘卻的記憶。」

他往前走近一步，咄咄逼人地質問道：「沈默，你忘記你曾經害死一整架飛機的人了嗎？你忘記你曾經害死自己的父母了嗎？你忘記自己到底是什麼怪物了嗎？」

「怪、怪物？」

我一步步後退，用力搖著頭，顫聲道：「胡、胡說！我才不是怪物！我才沒有害死人……我、我的父母都還好好地活著，你不要胡說八道！」

「呵，胡說八道？」

那個人幽幽笑了起來，道：「那麼，我再讓你看一看——」

「不要！我什麼都不要看！」

我大吼著，抬起手遮住眼睛。

這時，我的左手心竟閃耀出一道刺眼的光芒。這道光芒如同一枝破空的利箭，筆直射向了偽裝成九夜的傢伙。

他尖叫了一聲：「這是什麼東——」

「西」字還未說出口，便被光箭刺中，整個人在光芒中化為了一團烏黑的濃煙，瞬間灰飛煙滅，消散得無影無蹤。

我低下頭，愕然地望著自己空無一物的手心，驀然想起之前九夜曾在我的掌心劃過幾筆，也不知道究竟是什麼？

然而，當我再次抬眸，青灰色天空的一角撞進了眼裡。

凜冽寒風颳在臉上，刺得皮膚生疼，我迷茫地躺在一片廢墟之中，四肢百骸疼得無法動彈，嘴裡還在嗆著腥血。

不遠處，脫軌的列車岌岌可危地掛在懸崖邊，車內的乘客奔逃尖叫，撞毀的車頭仍在燃燒。

這是……怎麼回事……

為什麼……為什麼我又回到這裡來了……

熾烈的火光映著我的瞳孔，我恍恍惚惚地看著那輛列車。

漸漸地，模糊的意識清晰起來……

原來……原來之前，我從列車裡飛出來之後，頭部撞到了岩石，當場失去了意識……

隨後，我陷入了一場似是而非的幻覺，遇見一個偽裝成九夜的奇怪傢伙……

啊，原來……原來如此……

原來那些全都是幻覺？

是因為我快要死了，所以才會產生幻覺？

呼……呼……呼……

迷迷糊糊地望著灰霾的天空，我艱難地喘息，感覺……好睏……

好想就這樣永遠沉睡下去……

眼前的世界開始模糊，我緩緩闔上眼簾。

這時，耳邊突然響起一個聲音，一遍又一遍地呼喚我。

「小默！小默！」

誰……是誰在叫我……

「小默，不要睡！」

「小默，快醒醒！」

「小默，小默，醒醒！」

咦……這聲音好像是……

「阿夜！」

我大喊一聲，猛地睜開雙眼。九夜正緊緊握著我的手，臉上帶著一種前所未有的焦慮神色。

「小默，你終於醒了，太好了。」

看到我醒過來，他似是鬆了口氣，唇角輕輕一彎，是那種我再熟悉不過、讓人感到安心的笑容。

我愣愣地看著他，看了很長很長時間。儘管沒有任何憑據，只是一種直覺，但是我百分百確定，眼前之人，真的……是九夜！

「阿、阿夜，真的是你，阿夜……」

不知道為什麼，淚水瞬間就湧了出來。

「小默，做噩夢了，對嗎？」

九夜溫柔地撫摸我的頭髮。

我抹掉淚水，點點頭，隨後迷茫地看了看四周，吃驚地發現自己竟然……竟然仍在小酒館裡？

沒錯，就是火車站旁邊那間二十四小時營業的日式居酒屋！

老葛事件結束後，我和九夜買了次日凌晨五點的火車票回家，由於時間還早，我們到小酒館，一邊講故事，一邊喝著小酒，等待天亮。

可是……我竟然就這樣趴在桌上睡著了？

還做了一個又長、又匪夷所思的噩夢？

我有點恍恍惚惚，感覺好像還沒有從夢境中脫離出來。

九夜倒了一杯溫水給我，說：「小默，你被妖纏住了，所以噩夢難醒。」

「妖？什麼妖？」

我吃了一驚。

九夜將溫熱的茶杯放入我手中，道：「《枕中記》有云：黃粱一夢，三生浮屠。《齊物論》又云：莊周夢蝶，不知周之夢為蝴蝶與，抑或蝴蝶之夢為周與？其實，無論是做了黃粱美夢的盧生也好，還是夢到了變成蝴蝶的莊子也罷，都是在睡夢中被一種叫做『魘』的妖纏住了，所以才會分不清夢境與現實。」

「魘？」我皺了皺眉。

九夜點點頭，道：「雖然這種妖的力量並不強大，但是魘有一個非常與眾不同的特點，就是其本身沒有實體，不會出現在現實世界，但卻會在夢中顯形，偽裝成夢主身邊最親近的人，製造出一層又一層的夢境，讓夢主深陷其中，永遠沉睡下去，再也醒不過來。」

我想起了夢境中，那個穿著一身黑衣，手裡捧著黑匣子的怪人！

沒有猜錯的話，那個奇怪的傢伙應該就是「魘」吧？

他非但偽裝成九夜，製造出火車脫軌的虛幻夢境，還創造出一個沒有人臉的世界，企圖騙我在那裡永遠生活下去！

好在我沒有上當，終於清醒過來了！

將手裡的清水一口飲盡，我長長嘆了口氣，眸光一瞥，似乎看到一抹黑影從眼前一閃而過。

嗯？怎麼回事？好像又看到了那個一身黑衣的怪人？

我揉揉眼睛，雖然已經睡了一覺，但是仍然感覺非常疲憊。

「小默，時間不早，我們該出發了。」

九夜取出兩張回程的火車票。

我點了點頭，起身穿上外套，走向酒館門口。

這時，九夜突然說了句：「小默，你一共陷入了五層夢境，想要回來並不容易，魘一定會纏著你不放。」

他站在酒館門外，朝我伸出手。

「小默，來，抓住我，我帶你回家。」

不知道為什麼，突然間，我感覺好像哪裡不對勁……

一片空白的大腦漸漸浮現出紛亂的畫面。

等等，九夜剛才說什麼？

我一共……陷入了五層夢境？

第一層夢境，是我在小酒館睡著，夢到了和九夜一起乘上列車，並且在列車上遇到那個名為「魘」的妖。

緊接著，我在列車上睡著，進入魘製造出來的第二層夢境，而這次，是夢見列車遇到山崩，發生了脫軌事故。

在事故中，我的頭部受到嚴重撞擊，陷入昏迷，失去意識的我又進入了第三層夢境，也就是那個看不清人臉的世界。

偽裝成九夜的魘，想要讓我永遠留在那個世界，可是在第三層夢境中，我識破了魔的身分，於是又被強行帶入更深一層的夢境，也就是第四層夢境——二十年前的飛機爆炸事件現場。

算來算去，一共只有四層夢境而已，為什麼……九夜說有五層夢境？

我突然間意識到了什麼，整個人驀然一顫。

如果還有第五層夢境，也就是說……我現在，仍舊在夢境之中？

我根本還沒有從魔製造出來的夢境裡逃出去！

意識到這一點，我豁然抬眸，驚恐地望向站在酒館門外的九夜。

九夜的神情看起來並不輕鬆，他注視著我的眼睛，道：「你終於發現了？」

我顫抖著點了點頭，問：「阿夜，這、這裡……還是夢，對嗎？」

九夜仍舊保持著鎮定和冷靜，他朝我伸著手，語氣堅定地說道：「是的，這裡還是夢。小默，抓住我，我帶你離開這裡。」

我迫不及待地伸出手，卻聽到背後響起一聲大喊。

「小默！不要出去！」

回過頭，居然是一張熟悉的臉龐。

咦，是九夜？

「小默，不要出去！一旦跨出那扇門，你就再也回不來了！」

那個九夜急著衝過來，一把拉住我，道：「小默，你被騙了，這裡不是夢，這裡是屬於你的世界！如果你跟他走，就永遠回不來了！」

我吃驚地看了看這個九夜，又看了看另外一個九夜。

竟然，有兩個一模一樣的九夜，一個站在門裡，一個站在門外。

一個想要留住我，一個想要帶我走。

究竟……哪一個，才是真正的九夜？

「小默，不要走！」

門裡的九夜緊緊抓著我的手臂，神情充滿了焦慮，道：「你走了就再也回不來了，千萬不要被那個傢伙騙了！小默，相信我，我絕不會害你！」

我沉默地看了他一會兒，又轉過頭，看向門外的九夜。

門外的九夜一個字都沒有說，神色從容，好像完全不擔心我會選錯人，給予了我百分百的信任。他什麼解釋都沒有，只是耐心地等待我的判斷和抉擇。

我閉起眼睛深吸了口氣，毫不猶豫地向門外的九夜伸出了手。

門外的九夜微微一笑，彷佛早已預料到了我的選擇，立刻回握住我的手，將我用力往外一拉。

我拉出了酒館大門，向前一個踉蹌，撞進了九夜懷裡。

九夜一把抱住我，在我耳邊輕聲說：「小默，歡迎回來。」

話音落下，迴盪在身後居酒屋的背景音樂消失不見了。

不，不僅僅是音樂，而是什麼聲音都沒有了！

九夜按著我的後腦勺，緊緊摟著我，過了片刻，在一片沉寂之中，耳邊驟然響起一個清脆稚嫩的童音，那個童音正焦急地呼喚我。

「小默默！小默默！你醒了嗎？」

「小默默，不要再睡了！快點醒過來！」

「小默默！小默默！」

啊，這是……阿寶的聲音！

我茫然不解地抬起頭，卻吃驚地發現，自己居然……居然睡在家裡的床上？熟悉的臥室、熟悉的被窩、熟悉的味道……

而九夜側躺在我身邊，微微蜷著身子，緊緊地抱著我。

我眨了眨眼睛，愣愣地看著他。

「太好了，終於醒了。」

九夜低頭看我，很溫柔地笑了笑。

「小默默，你終於醒來了嗎？小默默，阿寶好想你，嗚嗚嗚……」

阿寶嗚咽著爬到床上，撲了過來，我一把摟住了他。

隨即，又有一團黑色毛球也跳到枕邊，親暱地蹭著我的臉頰。

「哼，愚蠢的人類，我還以為你再也醒不過來了。」

一個冷冰冰的聲音響起。

有著一頭華麗白髮的年輕男人站在床邊，抖了抖頭頂上毛茸茸的耳朵，英俊的臉龐上露出一副又是嘲諷又是鄙視的模樣，卻隱藏不住眼裡的欣喜之情。

我被弄糊塗了，打了個哈欠，問：「我睡了很久嗎？」

九夜微笑著，回答說：「三天三夜。」

「三天三夜？」

我吃了一驚，差點跳起來。

九夜笑了笑，慢慢從床上撐起身子。他的面容看起來有點蒼白，額頭上滿是細密的冷汗。

「阿夜，你怎麼了？身體不舒服嗎？」

我立刻從床上爬起來，擔心地看著他。

九夜搖搖頭，笑道：「沒什麼，休息一下就好了。」

「哼，傷了元神，怎麼可能休息一下就好？」

變回人形的白澤冷笑了一聲。

「傷了元神？」

我一愣，看向白澤，問：「這到底是怎麼回事？」

白澤瞥了九夜一眼，道：「你在夢中被魘纏住了，一直沉睡不醒。魘這種妖，本身並不厲害，可是連我們這些上古妖都會避而遠之，不願意和他打交道。魘沒有實體，只是夢境中的幻象，他能不斷地重生，所以永遠殺不死，只能暫時擊潰。換句話說，就是個無賴。

「只要是在夢中被魘糾纏的人類，恐怕永生永世都無法醒來。據我所知，自古以來，為此付出代價的獵妖師不計其數。所以，如果想要把你救回來，唯一的辦法只有……」

「只有什麼？」我急著追問。

白澤看了看九夜，嘖了一聲，道：「我萬萬沒想到，這老東西竟然故意讓自己被魔攻擊，和你一起進入夢境，然後親自從夢境中把你帶回來。要知道，對於我們來說，被同類攻擊極其危險，因為會傷到元神，有損靈力。我差點以為，你們兩個都回不來了呢……」

我聽得呆住了，回過頭愣愣地看著九夜。

「不用擔心，我沒事。」

九夜輕描淡寫地笑了笑，說：「況且，我也只是追到第三層夢境而已，最後兩層夢境，是你依靠自己的力量回來的。」

「可是，阿夜……」

我實在不知道該說什麼好，感激、內疚、心疼、擔憂……儘管心頭瞬間湧起萬般滋味，可是嘴裡一個字都說不出口，只是緊緊地握著九夜的手。

九夜微笑著，輕輕地撫摸我的頭髮，淡淡道：「小默，好幾天沒有吃你煮的東西了，我想喝一碗南瓜粥。」

「嗯，好！我現在立刻就去做！」我趕緊點點頭。

「喔耶！今天有南瓜粥喝了！南瓜粥！南瓜粥！」

阿寶開心地歡呼，帶著影妖一蹦一跳地跑出了臥室。

白澤欲言又止地看著我，不過最後什麼都沒說，一聲不響地轉身離開了。

我下了床，披上外套，正要走出房門，忽然間想起一件事，回過頭問：「阿夜，我們第一次見面，究竟是什麼時候？」

「嗯？」九夜一愣，看著我。

我掩飾般地輕咳一聲，支支吾吾道：「哦，我是說……在我六歲那年的元宵燈會之前，我們……有見過嗎？因為小時候的事情，有點記不清了……」

九夜沉默地看著我，隔了好一會兒，悠悠問了句：「小默，在最後一層夢境裡，你看到了什麼？」

我停頓了幾秒，搖搖頭，搪塞道：「已經……已經不記得了……」

語畢，又扯開話題道：「阿夜，南瓜粥裡放點奶油好嗎？」

「好，只要是你做的，我都喜歡。」

九夜若無其事地微笑著，點點頭。

我心虛地看了他一眼，隨後走出了房門。

第八章

運・上

整整一個禮拜，在第五層夢境看到的一切，始終讓我無法釋懷。我不知道那究竟是魔製造出來的幻覺和假象，抑或是……

埋藏在我腦海深處的真實記憶？

魔說，我曾經害死一整架飛機的人。他還說，我害死了自己的父母……

不，不可能！這簡直是胡說八道，我的父母明明還好好地活著！

那只是魔編造出來的謊言罷了，根本不用在意！

然而，儘管內心一再地否定，一再地抗拒，我仍然無法說服自己。

我最終，還是聯絡了一個高中的老同學，阿元。

阿元在報社工作，我想請他幫忙調查一則新聞，一則有關二十年前飛機爆炸事故的新聞。

因為二十年前網路還沒有開始盛行，當時的新聞在網上亦無跡可尋，只能在報社的舊檔案館裡查找。阿元答應了，說有消息會打電話告知。

而這件事，我沒有告訴九夜。我怕自己多慮了，也不想九夜為此擔心。

他為了救我而導致元神受損，再加上之前喝下黃泉水，雖然表面裝得什麼事都沒有，可是這些天來，我發現他幾乎不怎麼走動，一直坐在窗邊的沙發上，或者喝茶，或者看書，有時候閉著眼睛，像是在靜養。

「阿夜，我煮了一碗銀耳蓮子羹，加了少許冰糖，你嘗嘗看。」

我從廚房裡端出蓮子羹，小心翼翼地遞過去，又拿了一條毛毯蓋在他身上。

九夜忍不住笑了出來，說：「你難道把我當病患在照顧嗎？」

「呃……」

我撓撓頭，還沒回答，就聽到背後響起一聲冷嗤。

「你放心，這老東西才沒那麼脆弱！死不了！」

白澤懶洋洋地坐在窗臺上，斜睨著我，滿臉不悅道：「喂，愚蠢的人類，你那個什麼的羹，為什麼沒有我的份？」

我瞪了他一眼，斥道：「拜託，為什麼每次變成人形你都要拿我的衣服穿？已經被你撐壞好幾件了！快點脫下來！」

「嘖，誰叫你長得那麼瘦弱！內褲竟然那麼小！」

「什麼！你你你……你竟然還穿了我的內褲？靠！」

我氣急敗壞地大罵，卻又拿他沒辦法。

九夜喝了一口蓮子羹，悠悠說：「如果下次你再敢擅自走進小默的臥室，我會讓你永遠變不回人形。」

「喂，老東西！你是在威脅我嗎？」白澤怒目而視。

九夜笑裡藏刀，反問：「你覺得呢？」

「你、你這個老不死！」

「要是不爽，你現在就可以滾出去。」

九夜的語氣十分嚴厲，絲毫不留餘地。

白澤氣呼呼地繃著臉，沉默了幾秒，低聲喃喃道：「我知道，你們都不歡迎我，等恢復靈力，我會立刻離開。」

他從窗臺一躍而下，帶著落寞的神情，轉身走向院子。

我趕緊追上前，叫住了他，說：「喂，不如……等一下我出門的時候，順便幫你買點合身的衣服吧？你之前是穿什麼尺碼？」

白澤身形一頓，冷哼道：「囉嗦！不用你管！」

我看著他的背影，笑了笑，說：「衣服就和阿夜一樣的尺碼，差不多吧？啊，對了，你現在經常變回人形，也不能總是讓你趴在狗窩裡，剛好二樓還有一間空房，等我打掃過後你就可以住進去，再幫你換一幅乾淨的新窗簾，好不好？枕頭的話，你喜歡硬一點，還是軟一點的？」

「真煩，我說了不用你管！以為這樣就能討好我嗎？哼，愚蠢的人類！」

白澤仍舊沒有回頭，凶巴巴地罵著。

不過，雖然嘴裡這麼說，可是他那對興奮抖動的毛茸茸耳朵根本藏不住。

嘖，這傢伙啊……

我不禁好笑地搖搖頭，沒有揭穿。

半個小時後，我收拾好東西，出了家門。

這次的目的地，是殯儀館。

殯儀館，總是給人一種沉痛悲傷、心懷恐懼的感覺，彷彿整個場館都籠罩著一層黑色陰影。

因為這個地方，意味著生命的終結。

不過，這次我來到殯儀館，並不是參加任何人的葬禮，而是為了採訪在世人眼裡較為特殊的一項職業，遺體化妝師。

這個採訪任務是網站的主編交代的，也是除了講故事以外，我第一次撰寫採訪類的報導。當然，之所以欣然接受這項任務，也是因為我對「遺體化妝師」這個神祕職業充滿了好奇，想要近距離地接觸一下看看。

遺體化妝師，主要工作內容，就是負責為死者整理儀容儀表，盡可能地還原死者生前的容貌，在遺體火化之前，讓其與親人與朋友見上最後一面。

「嗯……因為是最後一面了，所以在葬禮上，死者的容貌會成為一幅定格的畫面，永遠留在親友心中，所以我一直覺得，遺體化妝師是個很重要的工作……」

在殯儀館旁邊的茶室裡，這個叫做「吉利」的年輕人，穿著暗紅色的高領毛衣，坐在我的對面，一邊喝著普洱茶，一邊侃侃而談。

對，沒錯，他姓吉，名利，叫吉利。

報上姓名之後的第一句話，他便是問：「你是不是覺得，叫這樣名字的人，卻做著和死人打交道的工作，有點可笑？」

「不不不，完全沒有這樣想。」我搖搖頭。

吉利笑了起來，露出一排整齊的牙齒，隨後用手肘捅了捅坐在旁邊的同事，道：「喂，邢木，你也說點什麼吧？」

邢木也是遺體化妝師，年紀不大，大約三十出頭。和吉利比起來，他十分沉默寡言，一直在低頭喝茶，幾乎不答話。

就像他的名字一樣，這個人給我的感覺，有點木訥，性格極其內向。

「邢先生，請問你怎麼看待這份工作呢？」我將錄音筆往前挪。

邢木抬起頭來看我，削瘦的臉龐上，一對眼窩深深凹陷，面色發黃，看起來比實際年齡更為蒼老。

「沒什麼看法，就是一份工作而已。」

他簡潔地說，聲音很低沉。

「那你為什麼會想加入這一行呢？」

「每個人都需要工作，哪有這麼多為什麼。」

邢木垂著視線，沒有看我。

我感覺難以和他交流下去，只能轉向吉利，繼續採訪。

吉利倒是很健談，也毫不避諱敏感問題。

他說：「每個職業都有自己的職業文化，說白了，就是潛規則。我也明白我們這份工作，在大部分人眼裡，都是非常忌諱的，不太能坦然接受，所以通常情況下，如非必要，我們從來不會主動向別人提及自己的職業。」

我問：「那如果別人追問呢？」

吉利笑著道：「我會說自己是擺渡人。」

「擺渡人？」

「對，讓一具失去生命的遺體重新煥發光彩，帶著最美麗的面貌，將他們由人間，送往另一個世界。」

「嗯……你會感覺害怕嗎？」

「害怕？」

「就是……」

我想了想，解釋道：「人類自古以來，就對死亡懷有恐懼，而你這份工作，一直在接觸各種各樣的屍體，你有感覺害怕過嗎？」

吉利喝了口茶，剛要回答，突然一陣鈴聲響起。

是邢木的手機。

邢木從口袋裡拿出手機，起身到一邊接電話去了。

看著他走遠，吉利又回頭來看著我，說：「會害怕。」

「哦？」我有點意外，還以為他應該已經習慣了面對死屍。

可是吉利搖搖頭，沉吟道：「有些事情，永遠也無法習慣。例如，你永遠無法知道下一具來的屍體，會是什麼樣子。」

我沒有搭話，等著他繼續說下去。

吉利往後靠著椅背，環起雙臂，半開玩笑似地笑著說：「你知道嗎，我們最喜歡接的，是從醫院來的屍體。」

「為什麼？」我問。

「因為最完整，也最乾淨。」

吉利低下頭，看著自己的手，又道：「相比之下，車禍或者事故現場送來的屍體，你永遠也無法想像得到會是什麼樣子，不僅血肉模糊、面目全非，更有可能是零碎的殘肢和屍塊，需要你一一縫合。」

我的腦海中情不自禁地浮現了一幅幅色彩強烈的畫面，是之前在第五層夢境中看到的……飛機失事現場……

滿地橫流的鮮血，到處散落著殘肢斷臂，以及風中瀰漫的那股濃濃血腥味……

我閉上眼睛，竭力克制不去回想。

吉利還以為我被他的話嚇到了，嘿嘿笑著，故意壓低嗓音，湊近道：「怎麼樣，是不是聽起來很可怕？」

我喝了口茶，冷靜了一下，道：「確實，面對這樣的屍體，需要有一定的心理承受能力，遇到這種情況的頻率高不高？」

吉利想了想，回答說：「唔……每個月大概兩、三次吧，視情況而定。不過，我們都不太願意接這種案子，除了那個傢伙。嘖，還真是個怪人，好像每次都是他搶著接這樣的屍體，所以現在，只要是從事故現場來的，館長都會先打電話找他。」

說著，吉利用下巴悄悄指了指在一邊打電話的邢木。

而這時，邢木也講完電話，走過來道：「是館長，我現在要趕回去。」

「有工作？」

「嗯。」

邢木點點頭，隨後向我道別。

吉利嘖了一聲，說：「館長指名找他，肯定又是……」

他沒有再說下去，只是嘆了口氣。

突然，一個念頭跑進腦海裡，我也不知道為什麼，起身追了上去。

「邢先生，請等一下！」

我小跑到刑木面前，道：「請問，我可以旁觀嗎？」

「你說什麼？」

我趕緊道：「你放心，未經允許我絕不會拍照，也不會有任何干擾你的行為。我只是想站在旁邊，參觀過程，這樣寫出來的紀實報導也會更有說服力。」

「我工作的時候不喜歡有人在旁邊。」

邢木冷著臉拒絕。

我不依不饒，又道：「關於這個請求，其實我已經事先徵得了你們館長的同意，請放心，我保證絕對不會打擾你。」

話音落下，邢木極不情願地瞪著我，但是也拿我沒辦法。

為死者整理儀容的地方，位於殯儀館最裡面，緊鄰著停屍間。

這個房間有個專用名稱，叫做「修容室」。

修容，顧名思義，即修復容貌。

我洗完手，殺菌消毒完畢，換上遺體化妝師專用的白色工作服，走進修容室。

那具等待修復的遺體，已經擺放在金屬檯上了，邢木站在檯邊，穿著白大衣，戴著口罩和醫用手套，正在挑選需要用到的器具。

我慢慢走過去，安靜地站在旁邊。

儘管已經有心理準備，但是看到屍體時，仍然有被衝擊到的感覺。

遺體面部正中央，從眉心一直到鼻梁，有一個圓形的窟窿。窟窿圓得非常整齊，切口平整，就像是經過某種機器切割而成。

我不可思議地看著這張被「挖」了一個圓洞的臉。

邢木顯然知道我在疑惑什麼，道：「是被鋼管正面戳中臉。」

「鋼管？」

他點點頭，一邊動作嫻熟地操作著，一邊語調平緩地敘述道：「死者是一名建築工人。工地裡的鷹架突然坍塌，壓到十幾個人，大部分都是輕傷，唯獨他被高空墜落的鋼管正面戳到臉，當場死亡。」

「呃，還真是……不走運……」

邢木低著頭，從器具盤裡取過一段金屬細絲，小心翼翼地將死者因為失去骨架支撐而扭曲的臉龐固定好，再用膠水將其嘴唇封住，仔細地調整面部形狀，最後用一種柔軟的膠狀物質，填補死者臉上的圓形窟窿。

進行的過程中，邢木忽然問：「你相信運氣嗎？」

「運氣？」

我沒想到他會主動聊天，想了想，回答說：「這是個很微妙的問題，可以說信，也可以說不信。」

邢木抬眸看了我一眼，又道：「你的筆名叫黑犬，對嗎？我看過你寫的故事。」

「咦，是嗎？」我不禁一愣，說，「你也看網路小說啊？」

邢木卻搖搖頭，道：「不，我只看你寫的。」

「啊？為什麼？」

我並不認為邢木會是我的忠實粉絲，所以更加覺得疑惑。

邢木一邊為屍體塗抹防腐液，一邊緩緩道：「因為你的故事，是真實的。」

他的這句話，說得非常肯定，絲毫沒有質疑的成分。

可是大部分的人，看了我的小說之後通常都會問：這些故事，到底是真是假？

而沒有詢問我，也沒有確鑿證據的情況下，願意相信那些故事是真實的，恐怕，只有一個理由——那就是他自己親身經歷過。

不過說到底，這也只是我的推論而已。

我一聲不響地看著邢木。

邢木低著頭，開始用彩色油筆為死者上妝。

他說：「你知道嗎，其實每一個人的運氣，都是固定的。」

「什麼意思？」我問。

他打了個比方，道：「假如為運氣賦予一個數值，以一百分為例好了，即每個人的命裡，都有一百分的運氣，其中，五十分為好運，五十分為厄運。多數人的生活中，好運與厄運交替使用，不分上下。

「例如，你今天出門摔了一跤，摔壞了新買的鞋子，但是有可能抵達公司之後，又因為某些事情意外得到了老闆的表揚。再比如，你今天買了一瓶礦泉水，打開瓶蓋發現中了獎，但是很有可能，過幾天你就會不小心丟失錢包或手機。

「好運厄運此消彼長，互相更迭，沒有人永遠幸運，也沒有人會永遠倒楣。這些，都是我們平時生活中經常會發生、並且習以為常的事情，不是嗎？」

「唔……是的。」

我點點頭，表示認同，但是仍然不明白邢木究竟想表達什麼。

而這時，我看到他從工作服的口袋裡取出一隻薄如蠶絲的紅色手套。

只有一隻，不是一雙。

他將那隻紅得刺眼的手套戴在右手，套在原本工作手套的外面。

雖然他戴著口罩，但是我感覺他似乎對我笑了笑，問：「那麼，假如有一天，一個人突然用完了所有的厄運，會怎麼樣？」

「欸？一下子全部用完？」

我不明所以地眨了眨眼睛，道：「那麼，剩下來的應該全都是好運了吧？」

「對，沒錯，到底是黑犬，經歷過事情的人，思考方式就是不一樣。」

邢木莫名的誇獎並未讓我感到高興，相反，心底隱隱冒出了一絲涼意。

因為，我看到他拿著一把鋒利的手術刀，割開了屍體被膠水封住的嘴巴，隨後將那隻戴著紅手套的右手，塞進死者的口腔裡。

「你、你在幹什麼？」我驚奇地瞪著他。

邢木一字一頓地回答：「我在取走他的運。」

「你說什麼？」

「怎麼，你還沒有明白嗎？」

邢木不再解釋，只是盯著眼前的屍體。

我也轉眸看向死者，看著他臉上那個已經填補好的圓洞，看著看著，突然心底一驚，訝異地說：「難道你的意思是，這名死者在建築工地不幸被鋼管戳中，倒楣地用完了他命中所有的厄運，如果他能活下來，後面一定會有接連不斷的好事發生，只是可惜……」

「可惜，他沒能活下來。」

邢木接著我的話說了下去，道：「既然他無福消受剩下來的好運，那麼，將好運轉讓給別人，至少不會浪費。」

他將手慢慢從死者的嘴巴裡抽了出來，也不知道手裡究竟握著什麼，戴著紅手套的右手緊緊握成了拳頭。

我目不轉睛地盯著他。

邢木對我晃了晃拳頭，用另一隻手摘下口罩，緊接著將右手裡的東西往嘴巴一拍，頭一仰。

我看到他的喉結上下滾動了一下，似乎吞下了什麼東西，可是他的動作太快，我根本來不及看清。

做完這一切，邢木咧開嘴角，笑得非常神經質。

「現在，這個人剩下來的好運，已經歸我了。」

我愕然地看著他，腦海中浮現的第一個想法便是……

他是不是得了妄想症？

第九章
運・下

說實話，我不太相信邢木所說的「理論」。

或許真的有運氣存在，可是我不覺得他能取走死者留下來的好運，而我更加傾向於認定……他是在幻想……

邢木也許得了某些心理方面的疾病，畢竟，遺體化妝師這份工作的社會認同感太低，不太被世人接受，因此產生的心理壓力很大。

用吉利的話來說，加入這一行，從入職開始，就要做好孤獨一生的準備，因為所有朋友都會漸漸遠離，甚至包括父母也是，更不用說結婚了。

沒有女人願意和一個成天摸死屍的男人睡在同一張床上。

「除非，是遇到了真愛。」

由於採訪稿尚有內容需要確認，當我第二次找到吉利，我們坐在和上次一樣的茶館裡，他說完這後半句話的時候，朝我眨著眼睛，笑得有點詭祕。

「你知道嗎，邢木有老婆。」

「咦，他已經結婚了？」

我感到非常驚訝，不過脫口而出這句話之後，又立刻後悔了，趕緊道：「抱歉，我、我不是那個意思……」

「沒關係，我明白，大家都覺得遺體化妝師一輩子都不可能結婚。」

吉利搖搖頭，爽朗地笑了起來，隨即露出又是羨慕又是嫉妒的表情，嘖嘖嘆道：「邢木這傢伙，真是走了狗屎運，居然能被他找到真愛！」

我心頭一動，問：「哦？他運氣很好嗎？」

「呃，除了有女人願意和他結婚這件事以外，其他方面倒沒什麼感覺。本來嘛，大家都說我們這工作特別晦氣，尤其是那傢伙，還一直接觸死於非命的屍體，沒有倒大楣就算不錯啦，哈哈……」

吉利還是那麼健談。其實除去這份特殊的職業不說，他就和普通年輕人沒什麼差別，同樣愛笑愛說，性格外向又爽朗。

不過相比之下，同樣是遺體化妝師的邢木，就讓人感覺十分陰鬱，很不舒服。

但偏偏是他，找到了願意嫁給他、願意和他相守一生的女性。

這純屬機緣巧合嗎？還是說，真的是因為他拿走了死者身上遺留的好運，所以特別得到上天眷顧？

我一邊看著手裡的採訪筆記，一邊不著邊際地思索。

過了片刻，我問：「你見過邢木的老婆嗎？」

「只見過照片，長得不錯。」

吉利搖搖頭，嘆道：「那傢伙啊，雖然很少提到自己的老婆，但是我看得出來，他真的非常喜歡那個女人，錢包裡還隨身帶著他們的合影，偶爾拿出來看一看。有次剛好被我瞧見，才會知道他竟然已經結婚了！真是不可思議啊！」

「哦，看來是真愛……」

「不，是狗屎運！」吉利哈哈大笑。

唔，邢木真的是因為……運氣好嗎？

我合上採訪筆記，沒有再繼續這個話題。

之後的一個多禮拜，我一直忙於撰寫這份關於遺體化妝師的紀實報導。我希望藉由我的採訪，讓大家更加瞭解這份不太為人所知的職業，更願意接納做這份工作的人，不要帶有偏見和迷信。

當然，邢木拿走死者好運這件事，我沒有寫出來。

不過，我倒是對他的家庭生活起了興趣，很想採訪他的妻子，希望透過他妻子的描述，讓讀者更加貼近遺體化妝師的真實生活。

在寫完一部分稿件之後，我打了電話給邢木。

可是不知道為什麼，打了好幾次，他的手機一直處於關機狀態。

我轉而打電話給吉利，想請他幫忙，轉達我的採訪意向。

萬萬沒想到，吉利在電話那頭沉默了好一會兒，說：「很抱歉，這個忙，我恐怕幫不了。」

「為什麼？」我問。

吉利低聲道：「因為邢木已經……死了。」

「你說什麼？邢木死了？」

我這一驚簡直非同小可，差點在電話裡叫起來。

吉利說：「明天是葬禮，我負責為他整理遺容，你願意來送他最後一程嗎？」

我呆了幾秒，隨後很肯定地說：「我會去參加。」

第二天是個陰天。

沒有陽光，也沒有雨，天空灰雲密布，壓得人喘不過氣。

在之前去過的那間修容室裡，我見到了邢木。

可是當吉利掀開白布的一瞬間，我忍不住一陣反胃，差點嘔吐出來。

「這、這是邢木？」

我彎著腰，捂著嘴巴，胃部一陣陣抽搐。

吉利嗯了一聲，心情沉重地看著金屬檯上那、那……那一團……已經不成人形的……肉泥。

如果不是吉利告訴我，我完全無法想像這團剛從冰櫃裡拿出來、正在慢慢解凍的「肉泥」，居然曾經是一個活生生的人！

「怎麼會這樣？」

我轉過身，對著窗外深吸了幾口氣，終於勉強壓下嘔吐的衝動。

吉利將白布蓋了回去，聲音低沉地說道：「被從四十二層樓墜落下來的巨型玻璃砸中，就是這樣的結果，連人體最堅硬的頭骨，都完全碎裂……」

「四十二樓掉下來的玻璃？」我愕然地看著吉利。

吉利苦笑說：「那天是假日，他獨自一人出門，也不知道是去哪裡，經過花店時還心情很好地買了一大捧白玫瑰。沒想到出了花店之後，一塊辦公大樓的玻璃從頂層天而降，剛好砸中他，當場斃命……」

我驚愕地張著嘴巴，實在不知道該說什麼才好。

「聽起來很倒楣，對嗎？」

吉利看了看我，又道：「處理這起意外事故的負責人告訴我，那棟辦公大樓的玻璃外牆，每隔三個月就會檢修一次，事發前幾天才檢查過，並無任何異樣。而那棟大樓建成至今已經好幾年了，連玻璃鬆動的現象都沒出現過。

「況且事發當天無風無雨，玻璃又在大樓外面，不可能是人為因素造成的，實在不明白，為什麼固定玻璃的螺絲會突然脫落，墜落的玻璃還不偏不倚砸中了邢木……

「那個負責人說，從理論而言，發生這起事故的機率，恐怕連千萬分之一都不到。嘖，千萬分之一的機率啊！邢木這傢伙還真是不走運……都和他說了不要總是接那些死於非命的屍體，唉，結果現在，連自己也跟著倒楣……」

吉利喃喃嘆息。

我沉默著，無言以對。

葬禮期間，邢木的屍體沒有露出來見人，大概是因為再怎麼樣修復，也無法將一團肉泥，還原成人的模樣，所以整個棺木覆蓋著一層厚厚的白布。

當天出席葬禮的人很少，幾乎只有殯儀館的同事，連親人都沒幾個。

葬禮上，我沒有看到邢木的妻子。

千萬分之一的機率，這是什麼概念？

恐怕……比中頭彩還難吧？

竟然遇到如此微小機率的事件而喪命，除了不走運，實在不知道該說什麼好了。所以，我更加肯定了自己之前的判斷，邢木應該是得了妄想症。

若非如此，拿走了那麼多死者剩下來的「好運」，又怎麼會這麼倒楣？

還有那個傳說中的「妻子」，我也深深懷疑是不是他幻想出來的，否則怎麼會連丈夫的葬禮都沒有出席？

關於邢木的意外死亡，除了感慨和惋惜之外，我並沒有其他想法。

而之後，我一直忙於趕稿，直到五天後，我終於寫完採訪稿，去了趟編輯部。

主編給了我一樣東西，說是讀者寄到出版社的。那是一個正方形的紙盒，盒子上端端正正地寫著五個字：黑犬先生收。

下方沒有署名，也沒有寄件人地址。

當時我以為是哪個熱心讀者匿名寄來的禮物，可是等我回到家打開紙盒，發現裡面居然還有一個特別的紅色金屬盒，以及一封信。

展開信件，我好奇地先看了最後的落款，卻是令我大吃一驚。

我怎麼都沒有想到，這份禮物，竟然是邢木寄來的！

再看落款日期，剛剛好，就是他發生意外的那天。

也就是……他死亡當天！

我完全不知道這是什麼狀況，也不明白邢木究竟會寄什麼東西給我。

我趕緊翻看信件，內容並不長，字跡也很端正，敘述得乾脆俐落，閱讀信件時，我甚至想像得出邢木的語氣和表情。

他說：「黑犬先生，如果不出預料，在你閱讀這封信的時候，我已經死了。我知道你很驚訝，也知道你並不相信我所說的一切，這些都沒關係，就算你把我當成精神病患者我也不在乎。但是，無論你信不信，我都想請你幫我一個忙。這是我此生唯一、也是最後的請求，希望你一定要答應。我想請你將那個紅色金屬盒，交給我的妻子。

「我已經將自己所有的好運拿了出來，保存在盒子裡，現在，沒有了好運，我的生命中只剩下厄運了。寄出這份快遞之後，我就要出門去見我的妻子，我不知道自己能否見到她最後一面，也不知道接下來會發生什麼事情，但是，無論面對任何厄運，我都能坦然接受，因為這是我自願的。

「黑犬先生，哪怕你覺得我瘋了也好，就當作是完成一個瘋子最後的心願吧！請務必答應我的請求，將這個裝滿好運的盒子，親手交給我的妻子。感激不盡，謝謝。以及，再見。二〇××年，×月×日。邢木。」

除了以上內容，在信件最下方，另外寫著一串地址和姓名。

讀完信，我茫然地看了看那個地址，心中冒出一個大大的問號。

邢木到底在說什麼？

他的意思難道是……他之前拿走那麼多死者留下的好運，但是都沒有使用，而現在，他將自己的好運全部取出來了，命中只剩下厄運，所以……所以才會那麼不走運、那麼倒楣地遭遇千萬分之一機率的事件而慘死？

這、這聽起來……太荒謬了……

我難以置信地看著那個紅色金屬盒。

按照邢木的說法，盒裡裝著他所有的好運？

金屬盒沒有上鎖，也沒有用任何東西捆住，說實話，我真的有股打開它一看究竟的衝動，最後還是忍住了強烈的好奇心，只是拿在手裡掂了掂重量。

盒子很輕，完全感覺不出裡面有裝東西，就彷彿是個空盒。

罷了，邢木都去世了，不管他是瘋了也好，是妄想症也罷，就當作完成死者最後的遺願吧……希望他的靈魂能夠安息。

我嘆了口氣，決定答應邢木的請求。

第二天下午，我帶著裝滿好運的紅色金屬盒，根據信中的位址找到了一家醫院。

躺在病房裡的女人姓白，叫白玫。

我忽然想到了邢木臨死前，在花店裡買的那束白玫瑰。

可惜最後，他並沒有送出去。

白玫看起來非常虛弱，身體插滿了管子，病床邊被各種儀器占據。她沒有太多力氣講話，只是睜著眼睛，一動不動地躺在那裡，彷彿一朵即將枯竭的玫瑰。

醫生說，如果再找不到合適的肝臟進行移植，她的生命恐怕無法再繼續維持下去。

我心底一片戚然，默默將背包裡的「好運盒」拿了出來，放在病床邊，隨後緩慢而清晰地，將我所知道的，所有關於邢木的事情，全都告訴了白玫。

白玫一個字都沒有說，只是顫抖地伸出手，在摸到金屬盒的瞬間，淚水如泉湧般地從眼角紛紛滾落。

至此，無論邢木所說的一切究竟是真是假，都無關緊要了。

因為我知道，這只盒子裡裝著的，是滿滿的「愛」。

而我已經將這份「愛」，傳遞到了他妻子手中。

希望邢木泉下有知，能夠安心進入輪迴。

從醫院回到家，我用了一整晚的時間，將自己親身經歷的這個故事寫了下來，標題取名為「運」，並且將這個故事作為一篇「特別附錄」，接續在遺體化妝師的採訪報導後面。

有讀者看完後問我：黑犬，你到底相不相信那只盒子裡裝著好運呢？

我斟酌了一下，如實回答：不信。

是的，到最後的最後，我仍然不相信邢木可以取走死者的好運。

我仍然覺得，他是得了忘想症，一切不過是他的幻想。

可是，兩個月後，我收到了一封白枚寄來的感謝信。信中說，等了那麼多年，她終於幸運地找到了合適的肝臟移植者，手術也很順利，現在已經出院了。和健康的人一樣，每天生活在陽光下的感覺，真好。

看完這封信，我忽然又開始懷疑起來，到底，是不是真的……有「運」這樣東西存在？

我忍不住把這個問題拋向了九夜。

九夜微微一笑，高深莫測地說：「信則有，不信則無。」

第十章

舊情

晚上九點，電影臺正在播放一部三年前的舊電影，《冷風》。

沒錯，就是顧昔辰主演的那部，聽說他還因此拿了最佳男主角獎。

嘖嘖，有漂亮的臉蛋、精湛的演技，還有不需要替身就能完美勝任打鬥場景的出色身手，就這樣做個萬眾矚目的大明星，每天過著眾星拱月的生活，不是挺好？為什麼偏偏還要辛苦地去捉妖呢？真是搞不懂。

我盤著腿窩在沙發裡，一邊津津有味地看著電影，一邊在心裡吐槽。

而這時，只聽到白澤忿忿地吼了一聲。

「這部電影有什麼好看的？你就不能換臺嗎？」

「咦……」

我轉過頭，笑咪咪地促狹道：「怎麼，你害怕見到顧昔辰？」

「害怕？開什麼玩笑，老子為什麼要怕他！那個背信棄義的混帳東西，遲早有一天老子會將他千刀萬剮，讓他跪地求饒，向我認錯道歉。不過老子絕對不會輕易原諒，一定會親手宰了他，哼……」

白澤怒氣沖沖地咆哮，可是說著說著，聲音越來越輕，耳朵也垂了下來，神情染上一層憂鬱的色彩，似乎陷入了某種遙遠的思緒裡。

不過他很快就回過神來，轉移話題，趾高氣揚地命令道：「喂，愚蠢的人類，我餓了，快去做吃的東西來！」

話音未落，咄的一聲，迎面飛來一柄寒光閃閃的匕首，幾乎貼著白澤的臉，筆直插在了牆壁上。

一小撮白髮從眼前搖搖晃晃地飄落，白澤嚇得停頓了幾秒，突然跳起來，怒目圓瞠地瞪著九夜。

「喂！老傢伙！你幹什麼！」

九夜喝著茶，慢悠悠地斜了他一眼，雖然仍舊面帶微笑，眸光卻比匕首還鋒利。

「誰允許你命令小默了？」

白澤皺眉，道：「怎麼，難道只有你才可以使喚他嗎？」

「當然。」

「憑什麼？」

「憑他是我的人。」

「哈？你的人？」

白澤無語地瞪著他。

聽著莫名其妙的對白，我扶著額頭，滿臉黑線，正想要開口勸解，這時，忽然聽到「咕嚕嚕」的一聲異響。

「咦？是大白？大白的肚子在叫！好羞羞哦！」

阿寶指著白澤咯咯笑。

「小鬼，閉嘴！」

白澤尷尬地摸了摸肚子，凶狠地露出獠牙。

真是奇怪，明明才吃過晚飯沒多久，怎麼會又餓了？難道真的如九夜所說，是因為在恢復靈力期間，除了需要足夠的睡眠，還需要補充大量食物？

「唔，今天家裡沒有剩餘的食物了……」

我想了想，道：「不如，我帶你去鄭伯的那裡吃麵吧？他家的雞蛋炒麵很美味哦，還有超好吃的煎餃和桂花糕！」

話音落下，只看到白澤彆扭地轉過臉，抖動了一下耳朵，低聲說：「既然你那麼想帶我去，那我就勉為其難地答應吧。」

晚上十點三十分。

夜已深，這座陷落在睡夢中的城市，褪去了白晝的喧囂與躁動。星空寧靜璀璨，感受著迎面拂來的微微涼風，我和白澤一起走在回家的路上。

「啊……上次領到的稿費全沒了……」

我摸了摸口袋，不禁嘆息。

真是沒想到，剛才在鄭伯的店裡，這傢伙竟然吃光了我皮夾裡所有的錢！不僅如此，大快朵頤之後，還很不屑地扔下一句：「真難吃！」

還好鄭伯有點耳背，好像沒有聽到這句話。

不過我尷尬得趕緊把這傢伙拉走，生怕他再做出什麼出格的事情來。

「唉，你啊，就不能說點討人喜歡的話嗎？」

皎潔月光下，變回人形的白澤戴著帽子，遮住了那對毛茸茸的耳朵，只露出一頭華麗的銀白色長髮，映著明亮的月輝，泛出星星點點的光澤。

他冷哼一聲，傲慢地說：「為什麼要討人喜歡？老子才不稀罕！」

「但其實，你很喜歡和人類交朋友，對嗎？」

「放屁！老子是高貴的上古妖獸，怎麼可能和低等又愚蠢的人類交朋友！」

白澤把頭一昂，露出滿臉鄙夷的神色。

我沒有生氣，反而覺得好笑地看著他，隨後把手一伸，道：「那麼，高貴的上古妖獸先生，請你先把剛才吃飯的錢，還給我這個低等又愚蠢的人類。」

「你……」白澤一下子語塞了，撓了撓頭，小聲地咕噥道，「其實……其實剛才出門前，我已經答應了那個老傢伙，接下來會打掃屋子一個月，否則，他不放我和你單獨出來吃飯……」

「欸？還有這回事？」

我嘴角抽搐了一下，可以想像得出，九夜當時的語氣和表情。

「呃，原來如此……那就用做家務來抵餐費吧，哈哈哈……」

我忍不住笑了起來，心中暗暗為九夜的機智點讚。

白澤憤憤不平地瞪了我一眼。

「好啦，快點回家吧，阿寶肯定等不及想吃消夜了。」

我舉起手中打包的桂花糕，快步往前走去。

可是走著走著，一回頭，發現白澤居然還停在原地。

「喂，你還愣著幹什麼？」

我疑惑地問，可他卻在看著另一邊。

順著他的視線，是一條幽暗狹窄的小巷子，隱藏在兩座大樓之間，平時除了野貓野狗之外，幾乎不會有人走進去。

那裡有什麼問題嗎？

我不明白地又往前走幾步，藉著路邊的昏黃燈光，似乎看到了……有一層若隱若現、好像屏障一樣的東西，籠罩在那個漆黑的巷子口。

「咦，那是什麼？」

我好奇地看著那層散發著淡淡微光的屏障。

白澤道：「是結界。」

「結界？這個地方怎麼會有結界……」

我再次觀察那個「屏障」，道：「這個結界看起來有點脆弱啊，好像快要消失了？」

說話間，屏障的光芒又暗淡了不少。

白澤點點頭，說：「應該是布下結界的人力量逐漸衰弱，無法繼續維持導致。而力量變弱，很可能是因為……受了傷。」

「這麼說，難道——」

我的話還沒說完，結界的光芒突然閃了閃，完全消失了。

結界消失同時，只聽鏘的一聲脆響，黑漆漆的巷子裡滑出來一道身影。

那個人穿著一身白色制服，制服血跡斑斑，手臂上的獵妖師徽章，在月輝下泛著淡淡金色光芒。

「鏘！鏘！」

又是兩聲震響，獵妖師背對著我們，手握一柄利劍，格擋在頭頂上方，似乎正在奮力抵抗著巷子裡的什麼東西。

我正要上前看個究竟，未料，一聲震耳欲聾的野獸咆哮響起，那個獵妖師被震飛出來，摔在馬路中央。他嗆出一口血，將手中利劍往地面一撐，搖搖晃晃地站了起來。

銀亮的月光下，映出一張俊美的臉龐。

「顧、顧、顧昔辰?!」我失聲叫了出來。

這是我第三次看到他真人，而每一次，他的登場都令我大吃一驚。

顧昔辰轉頭看了我一眼，隨即看到了站在我身邊的白澤，剎那間，那雙漂亮的黑色瞳眸劇烈收縮，似乎是……整個人傻住了。

隔著數步距離，白澤也在看著他，面無表情，眼神冰冷。

兩個人就這樣面對面地站著，誰都沒有出聲。

而就是在這一瞬間的疏忽，暗巷裡竄出一頭龐然巨獸！

妖物通體青綠，身如虎，尾如鉤，頭部看起來像牛，又比普通的牛大上許多倍，更加令人驚奇的是，這東西居然……只有一條腿？

不過這一條腿的力量，已經足夠抵上任何四足動物了。

只見它尾巴一掃，膝蓋一蹬，竟然躍出數丈高，隨後垂直落下，笨重而龐大的身軀眼看著就要壓到路邊飛馳而來的計程車。

顧昔辰一下子回過神來，又撐開了一道弧形結界，及時保住了計程車司機的性命。

可是，因為全部的餘力都用來撐開結界，再加上來不及躲閃，在那龐然巨獸落下時，鞭子般的鉤狀尾巴狠狠抽中了顧昔辰的後背。他整個人飛了出去，撞在路邊的牆壁上，噴出一大口鮮血，劍也脫手飛到了遠處。

「顧昔辰！」我忍不住喊了一聲。

那龐然巨獸並未就此甘休，咆哮著衝向顧昔辰。

顧昔辰用力撐著地面，想要爬起來，卻一次次倒下。

我急得不知該怎麼辦才好，也沒本事驅逐妖物，只能拉住白澤求救道：「喂，你快點想想辦法啊！再這樣下去他會死的！」

可是白澤不為所動，仍舊冷冷地佇立原地，看著遍體鱗傷的顧昔辰。

我沮喪地嘆了口氣，問：「你打算眼睜睜看著他被殺死嗎？」

白澤沉著臉，一雙拳頭用力緊握著。

我實在無計可施，也深深瞭解白澤與顧昔辰前世的恩怨情仇，況且對方是獵妖師，白澤又是個妖獸，真的無法強求他幫忙。

可是，那好歹是一條人命啊，總不能見死不救……

我咬了咬牙，打算找點東西引開那妖物的注意力。然而，我還沒來得及去撿地上的石塊，驀然間，頸側劃過一道強勁的冷風。

視線一晃，眼前似乎閃過一抹白影，速度快得我根本看不清。

啊咧，怎麼回事？

我茫然轉過頭，卻看到地上掉落著一堆眼熟的衣物，以及，一頂帽子。

咦，白澤不見了？

大腦還沒反應過來，就聽到前方驟然響起一聲震徹蒼穹的咆哮。那在天地間久久迴盪不息的咆哮聲，要比單足妖物的聲音洪亮許多倍，簡直震得我腳下的路面都在搖晃。

我趕緊扶住街邊欄杆，驚慌失措地循著聲音來源望過去，卻在一瞬間呆住了。

因為我沒想到，發出那聲咆哮的，竟然就是白澤！

白澤變回了妖獸的模樣，體型卻比之前見過的龐大了數倍不止，遠遠望去，如同一座純白的雪丘橫亙在路中央。

天吶！我不禁倒抽一口冷氣，瞠目結舌地看著那幾乎有兩、三層樓高的白色巨獸，已然震驚得說不出一個字來。

這、這就是白澤真正的樣子？

天邊的雲層漸漸散開，明亮而澄澈的月輝穿透夜色，灑向大地，照耀著白澤華麗如雪的長背毛，泛出如星辰般絢麗奪目的光澤。

他將重傷的顧昔辰護在身下，壓低身形，露出獠牙，一雙黃綠色獸瞳微微瞇起，正面迎向單足妖物，散發出一股濃濃的危險氣息。

也不知道是被半路殺出的程咬金嚇到了還是怎麼回事，單足妖物遲疑地往後彈開一步，似乎是在衡量著敵我雙方的實力差距。漸漸地，它低下頭，不敢再與白澤對視，隨後尾巴一甩，跳躍著迅速逃離了。

白澤沒有去追，停頓了幾秒，忽然間砰一聲，龐大的身型驟然縮小，變回大白狗的模樣。

「呃，原來你那個威風凜凜的樣子，只能維持幾秒鐘嗎？」

白澤瞪了我一眼，斥道：「哼，等老子完全恢復靈力就不會了！」

語畢，他低頭看了看身下的顧昔辰。

顧昔辰傷得很重，完全動彈不得，滿身鮮血淋漓地躺在地上，一邊費力地喘息著，一邊虛弱地睜開雙眸，罵了句：「笨狗，從我身上下去！」

午夜十二點。

我將奄奄一息的顧昔辰帶回家。

九夜傷腦筋地搔頭嘆道：「你啊，平時喜歡多管閒事也就罷了，沒想到這次竟然在路邊撿個獵妖師回家……」

「對、對不起，我暫時想不到其他辦法。」我尷尬地撓撓頭，說，「他傷成這樣，不能送去醫院，院方一定會報警，到時警察來詢問，什麼都說不清楚……而且他又是個家喻戶曉的大明星，有可能引起現場騷亂……」

「所以，你就把他帶回來了嗎？」

九夜無奈地看看我，又看了看白澤，說：「這件事，我不會插手。」

白澤喊了一聲，道：「那小子的死活也與我無關！」

「好好好，你們都不用管，人是我帶回來的，我負責總行了吧？」

我無可奈何地嘆了口氣，趕緊找來醫藥急救箱，又倒了一盆溫熱的清水，跑上二樓。我暫時將顧昔辰安置在自己的臥室裡，替他脫下血跡斑斑的制服，然後用熱毛巾擦拭乾淨傷口表面的血水。

做完這些，當我端著一盆被鮮血染紅的溫水走出房門時，看到了白澤。

這傢伙，就彷彿是某種被關在籠子裡焦躁不安的獸類一般，在房門口來來回回地踱著步子，一看到我出來，立刻上前問道：「他怎麼樣？」

我故意不正面回答，只是說：「你自己進去看看就知道了。」

「哼，我才不看！那小子，死了更好！」

白澤頭一回，轉身走掉了。

我無語地看著他的背影，然後將那盆血水倒掉，取來一塊乾淨的毛巾。沒想到當我再次回到臥室，卻看到白澤居然站在了床邊。

躺在床上的顧昔辰閉著眼睛，面色蒼白如紙，額頭上滿是冷汗。

他用力咬著嘴唇，一雙秀逸的眉毛微微蹙起，長而濃密的眼睫輕顫，似乎正在忍受極大的痛苦。

可能是因為肩膀上那顆獠牙，仍然嵌在血肉裡，拔不出來。

九夜說，那是夔的牙齒。

那隻單足妖物叫做「夔」，是個來頭不小的妖怪，破壞力很強，還會吃人和家畜。

《山海經．大荒東經》中有過關於夔的記載：「東海中有流波山，入海七千里。其上有獸，狀如牛，蒼身而無角，一足，出入水則必風雨，其光如日月，其聲如雷，其名曰夔。」

九夜還說，夔的牙齒有毒，如果長時間滯留在體內，毒素會蔓延全身，侵蝕五臟六腑，最後吐血而亡，無藥可解。

「可是那顆牙齒嵌得太深，拔不出來怎麼辦？」

我猶豫了一下，問：「是不是……應該要送去醫院動手術？」

九夜搖搖頭，說：「沒用的，夔的牙齒一旦刺入身體，便會與體內經絡相連，即使再大的力氣也拔不出來。如果冒然切斷經絡，會造成血管破裂，失血過多。」

「那該怎麼辦？」

「唯一的辦法，只有殺了那隻夔，牙齒才會與原主一起消失。」

我遲疑了片刻，正想開口，立刻被九夜打斷了。

他道：「小默，我沒有理由，也沒有義務，去幫助一個獵妖師。」

我嘆了口氣，只能將原本想說的話咽了回去。

怎麼辦？難道就這樣看著顧昔辰毒發身亡？

我一籌莫展地拿著毛巾，站在臥室門口，沒有立刻走進去，因為感覺白澤好像有話想要說，可是等了許久，也沒聽到他吭聲，只是沉默地站在床邊，神情複雜地看著顧昔辰，看著他身上大大小小的傷痕。

顧昔辰身上有許多傷，新傷舊傷、刀傷爪痕，各種傷疤滿目瘡痍，殘忍地遍布在那具原本可以堪稱完美的漂亮身體上。

剛才我解開他的制服時，也著實被嚇了一跳。

難怪之前聽說，顧昔辰拍戲有一個非常堅持的原則，就是絕不脫衣服，如果劇情一定需要，那就用替身。

有些喜歡潑髒水的人因此罵他故作矜持，罵他矯情，罵他耍大牌，可誰會想到，他背後的理由竟是如此……

唉，現在想想，他也真是挺不容易的。

我忍不住一陣唏噓，一聲不響地站在門邊。

床上的顧昔辰慢慢醒了過來，睜開雙眸，將視線轉向了白澤。白澤卻立即轉過頭，避開了與他目光接觸。

兩個人沉默許久，只聽白澤問了句：「你有前世的記憶，對嗎？」

顧昔辰冷冷地看著他，沒有回答。

白澤又道：「只有那個傢伙……只有……宇文修，才會叫我『笨狗』。」

顧昔辰仍然不語。

白澤忍無可忍地轉過頭，咬牙切齒地罵道：「你這個背信棄義的混帳東西！」

他提高了音量，一聲聲地質問道：「在楓林苑那天，是你在酒裡摻了黃泉水，想要毒死我，是嗎？你從一開始就是有計謀地故意接近我，讓我放鬆警惕，是不是？而最後也是你通風報信，設下陷阱，害我被一群獵妖師追殺，被砍斷獸角，險些喪命……這一切的一切，全都是你一手安排的，對不對？」

憤怒的話音落下，顧昔辰卻始終避而不答，沒有任何解釋，只是慢慢移開了視線，一邊強忍著傷痛，一邊斷斷續續地說道：「你想殺我報仇的話……現在就動手吧……夔牙的毒素擴散很快……我剩下的時間恐怕不多……錯過就沒有機會了……快點……動手吧……」

他閉上雙眼，蒼白的面色看起來十分平靜，就好像早已預料到會有這一天的來臨。

白澤咬著牙，緊握雙拳，靜默了幾秒之後，突然大步走上前。

我一驚，趕緊衝進臥室大喊一聲：「不要！」

然而，白澤抬起手掌，按在顧昔辰的黑髮間，輕輕揉了一下，語氣堅定而緩慢地說道：「這個仇，我一定會報，你的命，只能由我來結束，這是你欠我的。所以現在，一定要撐下去，聽明白了嗎？」

顧昔辰愕然睜開雙眼，驚訝地看著白澤。

白澤冷冷一笑。

這個笑容在我看來，卻是無比地溫暖。

他說：「等我回來。」

便頭也不回地走了出去。

我反應過來他想要幹什麼，立刻追了過去。

「你打算去殺死那隻夔嗎？」我在背後喊了一聲。

白澤沒有停留，也沒有回答，一路走到玄關。

坐在沙發裡的九夜悠悠說：「你的靈力目前只恢復三成，勝算很小。」

白澤腳步停頓了一下，但是沒有遲疑，一言不發地走了出去。

直到房門再次關上，我沉默了好一會兒，問：「要是……輸了，會怎麼樣？」

九夜仍在低頭看書，輕描淡寫地說：「會被夔吃掉。」

什麼？被、被吃掉？

我趕緊衝出家門，可是白澤已經不見了蹤影。

整整三天三夜，白澤都沒有回來。

顧昔辰的傷勢不停惡化，到了第四天早上，他高燒不退，陷入了半昏迷狀態。

某次醒來的時候，他氣息微弱地問：「他……回來了嗎……」

雖然沒有說出姓名，我也明白這個「他」，是指誰。

我搖搖頭，回答說：「沒有。」

顧昔辰閉上雙眸，微微蹙眉，低聲說：「笨狗……」

他肩膀上那枚越嵌越深的獠牙，絲毫沒有消失的跡象，而這也意味著，那隻夔還活著。

不知道白澤現在到底怎麼樣了……

都離開了那麼長的時間，難道……他真的被吃掉了嗎？

我焦躁不安地走到大門口，時不時開門看一看。

可是等來等去，始終沒有等到白澤回來。

到了第五天傍晚，我實在等不下去了，決定出門去找找看。就在我穿起外套時，門外響起了咚的一聲，像是有物體撞在門板上。

我走過去打開大門，一股濃重的血腥味立刻撲鼻而來，隨後就看到那個倚靠在門板上的「物體」，無力地倒了下來。

是白澤！

我吃了一驚，趕緊伸手去接，可是太重，沒有接住。

白澤摔在屋子的地板上，從人形變回了大白狗的樣子，純白的毛皮上沾滿了鮮血，一動不動地躺在那裡。

我跪在地上，驚慌失措地推著他的身體。

「喂，你沒事吧？白澤？白澤！你、你不要死啊！」

隔了好一會兒，才聽到白澤氣喘吁吁地罵：「吵死了……愚蠢的人類……」

太好了，還有力氣罵人。我稍微安心了一點。

不過，白澤傷得很重，身上有好幾處傷口深可見骨，可想而知，他是經歷了怎樣一場艱難的惡鬥。

看著那些傷，我猶豫著是不是應該帶他去寵物醫院。

一聽到「寵物」兩個字，白澤立刻破口大罵。

九夜瞟了他一眼，道：「小獸，不用管他，過些時日，那些傷口會自己痊癒。」

我撓撓頭，擔心地說：「就這樣讓他慢慢自動痊癒嗎？要是好不了怎麼辦？」

九夜微微一笑，說：「身為上古妖獸，要是連這點恢復能力都沒有，還不如去死更好。正所謂物競天擇，優勝劣汰。」

「喂，老東西，你是在罵我是劣等品嗎？」

白澤趴在壁爐前的軟墊上，吃力地抬起頭，忿忿瞪著九夜。

九夜淡淡道：「如果不是劣等品，那就好點快起來證明給我看看。」

白澤突然間不出聲了，轉過頭不再搭理我們。

我拿熱毛巾將他白毛上的血汙擦拭乾淨，之後還是覺得不放心，找來了消炎藥，塗抹在較深的傷口上。

白澤張了張嘴，似乎想要道謝的樣子，可是一看到旁邊的九夜，又立刻轉為一聲冷斥：「喊，不用你做這些多餘的事。」

我絲毫不介意地笑了笑，摸著他毛茸茸的腦袋，說：「快點好起來。」

白澤耳朵抖動了一下，沒吭聲。

關於和夔的那場惡戰，我沒有問白澤到底是贏了還是輸了，但是當天晚上，顧昔辰肩膀上的獠牙消失了，傷口也在好轉。

等到他高燒徹底退下之後，我終於能放心地去九夜的臥室睡覺。

阿寶和影妖也一起湊熱鬧地跑了過來，兩個成年人、一個小孩子，外加一團毛球，全擠在一張不大的床上，擠得誰都無法動彈，連翻身都不能翻。

我好笑地搖搖頭，說：「算了，我還是去睡客廳的沙發吧。」

九夜卻拉住我，道：「小默，我給你講個故事吧，想要聽嗎？」

沒有開燈的房間裡，藉著窗外透進的一星光亮，他溫柔地望著我，微笑的眼眸裡帶著淡淡閃爍的星輝。

「你啊，明知道我抵擋不住聽故事的誘惑……」

我不禁笑了起來，重新躺了回去。

九夜講了一個關於時間輪迴的故事，可是故事還沒有聽完，我就沉沉地睡了過去。大概是這兩天一直在擔心白澤，都沒怎麼好好睡覺，太累了。

也不知道是不是九夜在身邊的緣故，我睡得很踏實，一夜無夢。

一覺醒來，已是天亮時分，矇矓的晨曦自窗外灑落。

原本躺在身邊的九夜不見了，只有阿寶和影妖，還在呼呼酣睡。

我悄悄替阿寶將踢掉的被子蓋好，然後躡手躡腳地起了床，穿上拖鞋，披了件外套，準備下樓準備早餐。

走到一樓樓梯口，我發現一抹修長的人影站在客廳裡，一下子收住了腳步。

那抹人影，是顧昔辰。

雖然面色仍舊蒼白，但是整體看起來，傷勢應該已經沒有大礙。他換上了獵妖師的制服，穿著黑靴，身姿挺拔地佇立在壁爐前，一動不動地看著白澤。

而白澤臥在軟墊上，安靜地閉著眼睛，也不知道是不是睡著了。

就這樣沉默不語地凝望了許久，顧昔辰忽然走上前，單膝跪地，近距離地面對著白澤。

也不知是不是錯覺，他原本冰冷的眼神，好像變得柔軟了起來。

「呵，笨狗……」

他輕聲呢喃了句，隨後緩緩伸出手，卻在即將接觸到白澤的一瞬間停住了，手掌凝滯在半空裡微微顫抖著。

平靜的心緒漸漸起了波瀾，眼神透出一絲痛苦與無奈。

遲疑片刻，顧昔辰還是收回了手，緊緊握住手臂上的獵妖師徽章，咬牙深吸了口氣，抑制住原本快要失控的情緒。

他從口袋裡拿出一條紅繩，放在白澤面前。

「欠你的這條命，你隨時都可以來取。」

彷彿是在自言自語，低聲說完之後，顧昔辰便毫不猶豫地站起身，走出了大門。

直到他離開了很久很久，白澤才睜開雙眸，看了面前的東西一眼，說：「小默，幫我把這沒用的破玩意兒扔掉。」

我嚇了一跳，原來他知道我躲在旁邊？

「哦、哦……什麼東西啊？」

我走過去，看到了那條紅繩。

紅繩上掛著一枚吊飾，呈長三角形，一頭尖尖的，有點像某種玉石，卻是黑褐色的，上面還有細小的紋路。

「這是什麼？」我好奇地問。

白澤沒有回答，只是再次閉上了眼睛。

而當時的我並不知道，其實這枚小小的吊墜，是白澤曾經的獸角。

後來九夜告訴我，就像人類會更換乳牙一樣，妖獸成年後也會更換獸角，而這枚吊飾，是白澤小時候脫落獸角的一部分。

顧昔辰為什麼會有這部分獸角？難道是白澤送給他的？

我猶豫地看著手裡的這枚小小獸角，並沒有立刻扔掉。

總覺得，這麼珍貴的東西，也許有一天，顧昔辰會想再要回去吧。

於是，我便拿著這條項鍊回到臥室，收進了書桌的抽屜裡。

看了看時間，現在才清晨六點半，也不知道這麼早，九夜到底去了哪裡。

感覺就好像了結了一件心事，我放鬆地伸了個懶腰，拉開窗簾。一輪初升的朝陽正從東邊的地平線上噴薄欲出，將廣闊的天空照耀得明亮而鮮紅。

啊，看來今天是個好天氣呢！

我心情很好地轉過身，拿起書桌上的手機。

咦，昨晚居然有三通未接來電？

而那些電話，全都是阿元打來的。

難道是之前請他幫忙調查的事情有結果了？

我趕緊回撥過去，鈴聲持續響了很長一段時間，才有人來接。

可是，電話那頭響起的，是一個陌生男人的聲音。

「阿、阿元？」我遲疑地問。

「你找周崇元？」

「呃，是……」

「你是周崇元的什麼人？」

「我是他朋友，請問你是？」

「我是西區的交警組組長。」

「欸，警察？」

「對。」

「請問阿元他，不是，周崇元他怎麼了？」

「就在十分鐘前，周崇元在路口被一輛疾馳的卡車撞到，傷勢很嚴重，生命垂危，現在正在送往西區綜合醫院的路上……」

話還沒聽完，我只感覺腦袋嗡地一下，幾乎無法思考。

阿元他……被車撞了？

——《今宵異譚卷三魁魃之夜》完

高寶書版集團
gobooks.com.tw

輕世代 FW261

今宵異譚 卷三 魁魃之夜

作　　者　四隻腳
繪　　者　zabu
編　　輯　林紓平
校　　對　謝夢慈
美術編輯　林鈞儀
排　　版　彭立瑋

發 行 人　朱凱蕾
出　　版　英屬維京群島商高寶國際有限公司臺灣分公司
　　　　　Global Group Holdings, Ltd.
地　　址　臺北市內湖區洲子街88號3樓
網　　址　www.gobooks.com.tw
電　　話　(02) 27992788
電　　郵　readers@gobooks.com.tw（讀者服務部）
　　　　　pr@gobooks.com.tw（公關諮詢部）
傳　　真　出版部　(02) 27990909　行銷部 (02) 27993088
郵政劃撥　19394552
戶　　名　英屬維京群島商高寶國際有限公司臺灣分公司
發　　行　希代多媒體書版股份有限公司/Printed in Taiwan
初版日期　2018年4月
二刷日期　2018年4月

國家圖書館出版品預行編目(CIP)資料

今宵異譚 / 四隻腳著.-- 初版. -- 臺北市：高寶國際, 2018.04-
　冊；　公分. --

ISBN 978-986-361-471-5(第3冊：平裝)

857.7　　106012036

三日月書版

三日月書版

GOBOOKS & SITAK GROUP ©